花木扶疏

关于植物的心灵笔记

张觅 著

国际文化出版公司

·北京·

图书在版编目（CIP）数据

花木扶疏：关于植物的心灵笔记 / 张觅著. —— 北京：国际文化出版公司，2021.5
ISBN 978-7-5125-1300-6

Ⅰ．①花… Ⅱ．①张… Ⅲ．①散文集–中国–当代 Ⅳ．①I267

中国版本图书馆 CIP 数据核字（2021）第 062502 号

花木扶疏：关于植物的心灵笔记

作　　者	张　觅
责任编辑	崔雪娇
统筹监制	张立云
特约策划	云上雅集
装帧设计	潇湘悦读
出版发行	国际文化出版公司
经　　销	全国新华书店
印　　刷	长沙市精宏印务有限公司
开　　本	710 毫米×1000 毫米　　16 开
	14 印张　　　　　　260 千字
版　　次	2021 年 5 月第 1 版
	2021 年 5 月第 1 次印刷
书　　号	ISBN 978-7-5125-1300-6
定　　价	98.00 元

国际文化出版公司
北京朝阳区东土城路乙 9 号　　　邮编：100013
总编室：（010）64271551　　　传真：（010）64271578
销售热线：（010）64271187
传真：（010）64271187-800
E-mail：icpc@95777.sina.net

花木扶疏

关于植物的心灵笔记

序

　　少年时最喜欢的科目，是生物学；而生物学里面，最偏好的，是植物学。高考一度动心想报考生物学专业。当时住的楼下又有个小花园，徜徉其中，每每不舍离去。花园中的各种花草，给了年少的我无限新鲜和欢喜，眼前仿佛铺展开来一片缤纷美丽的新天地。

　　后来离开故乡小城来到长沙读大学。大学时的母校背靠岳麓山，而校园内草木丰茂，花木扶疏，满眼皆绿。那些植物温柔了我的整个青春。有草木的地方，总是静谧而又灵气。在这样的学校里，日日浸润在草木香气之中，笑起来，都仿佛有袅袅清芬悄然流转。在草木中听音乐或者看书，总觉得自己也成了一棵安静的植物。

我后来参加工作，单位里有个药植园，又让我进一步认识了各种植物的名称与药效。这里栽种着药用植物400余种，四时花开，美不胜收。春天有玉兰、辛夷、桃花、紫叶李、海棠、蔷薇；夏天有栀子、萱草、水柳、紫薇、木槿、瞿麦；秋天有木芙蓉、金桂、丹桂、八角金盘、十大功劳；冬天有蜡梅、茶梅、枇杷花、野菊花……每一个季节的花儿，都有其令人迷醉之处。而长沙还有那么多草木丰茂的公园，省植物园、烈士公园、洋湖湿地公园、南郊公园……

我喜欢记录身边的一草一叶、一花一木，时常举着单反去拍摄那些亲切而熟悉的植物，也会拿起笔把它们一一记下，旅行时也不例外。我这些年旅行了不少地方，每到一个地方，都会特别关注当地的植物。每次写作或者拍摄的时候，总有"人在草木间，衣染暗香来"之感。

英国诗人威廉·布莱克曾写有一首著名的小诗："一颗沙里看出一个世界，一朵野花里一座天堂，把无限放在你的手掌上，永恒在一刹那里收藏。"我相信，植物是具有灵性的，一花一世界，一叶一如来。身边的一草一木，可悦目，可怡心，可养胃，也可疗病。那自草木间随手携来的一缕药香，竟能拥有奇效。它们慰藉着因压力太大而倍觉焦虑产生病痛的人们。有些草木不仅是良药，亦是美食，甘芬甜美，令人齿颊留香。于草木芬芳之中，我们与大自然亲密接触，沉静感知。

整理这些在成长过程中满怀温柔的植物笔记，仿佛在整理自己的青春岁月。文章中写得最多的，自然是长沙草木。从18岁上大学起，我就待在长沙，后来，再毕业，工作，结婚……最好的年华，都在长沙度过。是这些植物，陶冶着我的情操，也滋养着我的灵魂，最终成为我心灵的一部分。

万物有灵且美。

我爱这个草木芬芳、花木扶疏的世界，任我小园香径独徘徊。

是为序。

目录

人在草木间，衣染暗香来。

一花一世界，一叶一如来。
身边的一草一木，可悦目，
可怡心，可养胃，也可疗病。

花木扶疏
关于植物的心灵笔记

香樟：宛如老友一般亲切

　　对香樟树的感觉一直是温柔而又亲切的。香樟树本身就是香木。它还有其他的名称，比如芳樟树、香蕊等，都是突出了它的芳香。它之所以取名叫作"樟树"，据说是因为木材上有许多纹路，"大有文章"，所以就在"章"字旁加一个木字作为树名。

　　我少年时所居住的那个水边小城湘阴，道路两旁，都种着高大的香樟树和悬铃木。小城道路不宽，香樟树的枝叶把小城的天空交织成了一片盈盈的绿色。后来到长沙岳麓山下的中南大学读书，林荫道上，也种满了香樟树。夏天的清晨里，走在林荫道上，会觉得满眼清凉。那些香樟树枝叶繁茂，把清晨的阳光都筛成温柔细小的金黄色。而风又夹杂着学校睡莲池和观云池的水汽、草香扑面吹来。身畔浮动着淡淡的芬芳，心里只觉宁静，而又欢喜。

中南大学校园后面是岳麓山。岳麓山因南北朝刘宋时《南岳记》中"南岳周围八百里，回雁为首，岳麓为足"而得名。岳麓山上的古木很多，而香樟居多。麓山寺前围墙外樟树，据说就有着700多岁的高龄了。

长沙的市树是香樟，树种株数最多的也是香樟，居全国省会城市之首，而岳麓区的古香樟数则占了全市古香樟总株数的1/3。从中南大学，到湖南大学东方红广场，再到湖南师范大学，以及到沿江一带，都种满了香樟树，高大香樟的繁茂枝叶弯成了一个绿色穹庐，几乎可以称之为香樟之路了。大学时坐公车，每次经过香樟树下，都有瞬间阴凉的感觉。而下了车在这林荫道上走，也觉凉爽舒服。

香樟树已经成了青春记忆的一部分了，而它本身就是青春的象征。无论是多大年纪的香樟树，甚至是古木，在四月里都是笼着轻雾一般的绿意，充满灵气与青春感。它的气质，它的温和，它的清香，与长沙这个城市融为一体。以至于每次想起长沙，都觉得，那是绿色的，透明的，温柔的一个城市。

大学时，在母校中南大学上课，抱着书走在林荫道上，身畔浮动着香樟树的香气，觉得整个人都通透，轻盈而又欢喜。

香樟树从根茎到枝叶，全是香的，香得令人通体舒泰。春天里，香樟树会长出新叶。而长出新叶的同时，旧叶也会悄无声息地落下。这些落下的旧叶，是鲜亮的红色，并没有半分颓废的气息，而且也散发着香气。就在这盈盈春意的时刻，香樟树默默完成了一场盛大的新老更替。

香樟树也开花，春天里开细小的黄绿色花，密密地挤在一起，和叶子一样的颜色。下雨时，米粒般大小的香樟树花轻软无声地落在地上，像是桂花一般。四月里，整个校园都被淡淡的香樟树香笼罩着。

在这个季节，我喜欢去采摘那些刚刚生长出来的香樟嫩叶，把它平平地压进书中作为书签。香樟初生的叶片薄而且嫩，如同婴儿的小手。秋天里，把书翻开，香樟树叶平平地躺在书中，携带着一缕若有若无的淡淡芬芳。它仍保留着春天里美好的形状，像是绘在书页上一样。那味道正如张爱玲所说："甜而稳妥，像记得分明的快乐，甜而怅惘，像忘却了的忧愁。"

香樟树的花开到五月初是极盛。花开过了，就会结出果子。果子小小的，和豆子差不多大。中南大学的香樟树都很高大，果子都看不清楚。后来到了中医药大学工作，中医药大学新校区的香樟树尚未长大，但那些香豆似的樟果却能让人看得分明。七月初的时候，有一次从学校樱花大道出来，便看见路旁樟树的叶里玲珑细巧的小樟果在探头探脑。

香樟果最开始也是嫩绿色，后来渐渐沉淀为紫黑色。成熟了之后，果子就坠落下来，落到道路上。踩上去，会有轻微的脆响，仿佛空气中的清凉香气又馥郁了几分。

青春岁月里，无数心事都掺进了香樟树的气息。林荫树下放着旧长木椅。从图书馆出来，穿着蓝色长裙，坐在木椅上看书，偶尔抬起头来，看看头上这一片葱茏的绿意，觉得自己仿佛穿越到了某部小清新的校园电影之中。

夜晚，橙黄色的路灯下，有人在香樟树下弹木吉他。那时大一，正是十七八岁的年龄，诸多小情愫星子般在黑夜里闪烁着，在香樟树的香气里融合成一片温柔的甜蜜。如同醉酒了一般，整个人好像要在香樟树的香气里飘荡起来，步步如踩在云端，仿佛走进了一部青春电影中。

后来，真的有一部当红小花主演的青春校园电影在母校的林荫道上取景。电影上映时，我们大学毕业差不多有十年了，正在筹备十年同学聚会。本着校园情怀，去看了这场电影。看那银幕上，熟悉的林荫道，斑驳的光影筛过香樟树的枝叶，洒在骑着单车，穿着背带裤的女主角身上，往日久违的小情愫在黑暗中浮动起来，星子一般地闪动着。忽然间有一种想要流泪的感动。

每次回母校看到香樟树，都如同遇见老友。香樟树让我觉得，我从没有远离过我的校园。后来跟先生去武汉旅行，到了东湖公园。公园里，落了一地的悬铃木叶和樟树果。悬铃木深厚悠远的气息，糅杂着樟树果清新微涩的味道，也叫我想起岳麓山下的青春。

香樟树拥有很长的树龄，林荫道上的香樟树，有十几米高，大概都有好几十岁了。它会以这样的姿态存在很多年，一直陪伴着我们，直到老去。

梅花：暗香浮动月黄昏

　　小寒节气过后，最开始看到的花儿，是梅花。南朝宗懔《荆楚岁时记》载："始梅花，终楝花，凡二十四番花信风。"二十四番花信风中，梅花最先，楝花最后。

　　有一年初春，天气尚冷，我因单位事多忙碌而睡眠不佳。先生就说，我带你去植物园走走吧。我说现在太冷，植物园应该没什么花儿。他说，刚刚在网上查到，梅花开了。

　　于是，我俩就一起来到了植物园看梅花。

彼时开的多是红梅，其实尚未全开，花苞较多。树干上点点深红的小花苞，很是可爱。也有临风绽开两三瓣的，羞涩得如同刚出阁的闺女。梅花的香气并不十分浓郁。凑近花苞深深一闻，闻得到清甜微酸的香气，像是梅子的气息一般。

细细看一枝红梅，梅花虽然花朵小巧，却精致之极，点点梅蕊像是由画笔细细勾勒而成。轻轻抚摸梅花花瓣，梅花的花瓣比桃花要硬一些，毕竟梅花性子坚韧，更有风骨，而桃花更加像软萌妹子一点。梅花有硬萼，这个桃花也没有。此刻百花还未睡醒，只觉整个长沙的春意都凝聚在这枝梅花上了。

于是用相机拍下梅花，便也拍下了整个春天的春意了。从植物园出来之后，心情已经一片大好。花儿真是治愈系植物。

原本以为植物园的梅林算大了。又过了段日子，先生又带我去橘子洲头的梅园，真是惊艳了——这才是大片大片的梅林。

静静地在梅林中徜徉，疏影横斜，暗香浮动，心中静默欢喜。真是恍然自己也成了梅之精灵。梅花此时已是极盛之时，白梅、红梅、朱砂梅、绿萼梅，都有。红白梅花相映，真是恍若香雪染胭脂。宋代晁补之赞梅："开时似雪，谢时似雪，花中奇绝。香非在蕊，香非在萼，骨中香彻。"只觉极当。

身在橘子洲，蓝天绿地，梅花馥郁。坐在早春的草地上，一边晒太阳，一边看书，也是人生中温暖的小确幸了。坐了一阵，忍不住又去到梅林里与梅花亲密接触。

料峭春风之中，砌下落梅如雪乱，拂了一身还满。在梅下徜徉一阵，隐隐约约闻得到轻盈馥香，用心去闻，却又闻不见了。待到归去，才觉暗香已经盈了满袖，再回首看那梅花，如少女甜笑满颊，柔情绰态，不由得痴了。"暖日晴风初破冻，柳眼梅腮，已觉春心动。"李清照宛妙灵动之词，登时浮上心头。

朱砂梅也很美貌。和红梅相比，朱砂梅花瓣微带紫红，花丝则是淡水红。徐志摩《雪花的快乐》中，有说到朱砂梅："在半空里娟娟地飞舞，认明了那清幽的住处，等着她来花园里探望。飞扬，飞扬，飞扬——啊，她身上有朱砂梅的清香！"于是以为朱砂梅是要香过红梅的，清雅更有过之。

绿萼梅的香气则是最为馥郁的，但绿萼梅开得最晚。在其他梅花花满枝丫之时，绿萼梅枝头也缀满玉色的花苞。又过了两周去，才看到绿萼梅开。绿萼梅的花萼是绿色的，花瓣是玉色的，带一点绿晕，极清雅。花心里探出密密的花蕊，顶着鹅黄色的花药。绿萼梅毕竟是难得一见的珍稀品种，气质和普通的梅花还是不一样的，可以说，是梅花中的梅花，清雅中的清雅了。

和绿萼梅相比，白梅不免失之寡淡，红梅不免失之娇弱。虽然都是植物美人，一比就比出高下了。在梅花里，绿萼梅的香气是极为浓郁的。而这株绿萼梅又种植在水边，照水而开，暗香浮动，芳气袭人。

夜里也有闻到梅香，只觉比白日里更加馥郁。后来有天晚上去洋湖湿地公园看灯展。明艳灯展中，有幽幽清香扑面而来。寻香望去，果然是几株红梅。身畔暗香浮动。回来时只觉衣裳上也浸润了梅花的清气。一夜梅香入梦。想起清代顾太清在梦中也见到梅花，可谓"明月梅花一梦"了："烟笼寒水月笼沙，泛灵槎，访仙家。一路清溪双桨破烟划。才过小桥风景变，明月下，见梅花。"

由于梅花神清骨秀，"秋水为神玉为骨"，古人对梅花青睐有加，关于梅花的诗词大约是花的诗词里最多的了。宋代文人特别钟爱梅花。北宋诗人林逋四十多岁时隐居于西湖孤山，与梅花、仙鹤做伴，称为"梅妻鹤子"，所作《山园小梅》中名句"疏影横斜水清浅，暗香浮动月黄昏"被认为是"曲尽梅之体态"。后来南宋词人姜夔在诗人范成大家中做客时更拈出"疏影""暗香"二字作下两首清美空灵之词，为范成大所激赏。

范成大也是爱梅成癖之人，晚年退居石湖，筑"石湖别墅"，广收梅种，植于所居之范村，并写下我国最早的梅花专著《范村梅谱》。南宋诗人张镃还将最适合赏梅的时刻归纳为：淡阴、晓日、薄寒、细雨、轻烟、佳月、夕阳、微雪、晚霞……每一时分赏梅，均有不同意境意味，实在是讲究得很。我等俗人，分不了那么细致，只要看到梅花，便已心满意足。

蒲公英：童年的小伞兵

　　早春的某一天，我去学校药植园，很多花儿尚还在沉睡。但蒲公英和繁缕的花儿已经洒落满园了。俯身细看一朵金灿灿的蒲公英，正好有一只蜂儿栖息在它身上。而它身边是两朵细小的洁白繁缕，依偎着它，如双星捧月。蒲公英是随处可见的小草花，往往被人忽略，但细看，真是很美的。

　　蒲公英是菊科植物，开灿然的黄色小花，花朵细小，但重瓣精致，因此别名黄花地丁。它还有一个精致的名字，叫作金簪花。《土宿本草》云："金簪草一名地丁，花如金簪头，独脚如丁，故以名之。"蒲公英另外还有一个名字叫作婆婆丁，倒叫我想起阿拉伯婆婆纳起来，那是一种蓝色的美貌小草花。

蒲公英花开过后，它的头状花序便开始结籽，而每个种子的尖端都有雪白绒毛，因此这时看到的蒲公英便是举着一个一个的小白绒球。用放大镜去看这可爱的小白绒球，可以看到末端密密麻麻的小种子。查询资料，得知每个小白绒球的种子数都在 100 粒以上，真是小伞兵的部队了。

和苍耳子一样，蒲公英是不甘于屈就在一个小小的地方的，它要向着蓝天、向着白云飞翔，看遍世界之后，方才甘心尘埃落定，生根发芽。小小的伞兵，也懂得以梦为马呢。

蒲公英是一种和童年、青春紧密相关的植物。大约蒲公英的小伞兵象征的便是梦想。蓝天下四处飞扬的雪白轻柔的小伞，是少年人的一个个梦境。

小时候看冰心的《寄小读者》，说她在早春的积雪中，看见了七八朵大开的蒲公英。她感叹这平凡的草卉，竟与梅菊一样的耐寒。于是就把几朵蒲公英编成王冠的样式，给一个女孩子戴上了。文章里说："从来是被人轻忽，从来是不上美人头的，今日因着情不可却，我竟让她在美人头上，照耀了几点钟。"从那时对蒲公英就有了莫名的好感。

后来初中时，学校是在郊区。那时夕阳西下时，校园里总能看到蒲公英的细小种子，顶着小伞似的一圈儿白色绒毛，轻盈地浮在空气中，逆光看去，十分美丽。放了学去学校周边玩，也能看到一丛丛的蒲公英，跑到边上，对着小白绒球鼓了气一吹，小伞兵便飘飘荡荡地飞起来了。如果少女时代是跟男孩子一起去吹蒲公英，感觉就很像偶像剧里的一个场景。

那时常常会躺在草地上，看蒲公英种子在身边轻舞飞扬。西边的太阳快要落山了，色彩瑰丽。风很轻柔。那是一生中的好日子，心也如风中的小伞兵一样轻盈，所操心的不过是期末考试。几米曾言："我心里有一个小孩，每当她觉得与世界格格不入，她就躲进角落。"吹蒲公英种子的岁月，正是青春无忧、以梦为马的岁月。每次觉得与世界格格不入的时候，就又想回到那时的校园里去吹吹蒲公英。

蒲公英在过去曾经是一味野菜，全株含白色乳汁，营养十分丰富，据说还有抗癌的功效。在蒲公英开花之前，挖出它细长多裂的嫩叶炒食，滋味鲜美。但开了花之后，蒲公英的茎叶就老了，不好吃了。

　　现在仍然有人去挖蒲公英来做菜吃，有一年早春里我曾经在岳麓山下的一户人家吃过鲜嫩的蒲公英，清新爽口，微带一点苦味，但是那苦味苦得很明朗，并不涩口。而苦过之后，又带一点回甘。

　　蒲公英可入药，菊科植物很多都有消炎、清热、解毒的功效，蒲公英也不例外。《本草纲目》道："此草属土，开黄花，味甘。解食毒，散滞气，可入阳明、太阴经。化热毒，消肿核，有奇功。"蒲公英还可以用来酿酒，用来日常养生。

　　有一种和蒲公英长得很像，但是比它细小得多的菊科植物，叫作中华小苦荬，清热解毒的功效还在蒲公英之上，滋味却比它苦得多。

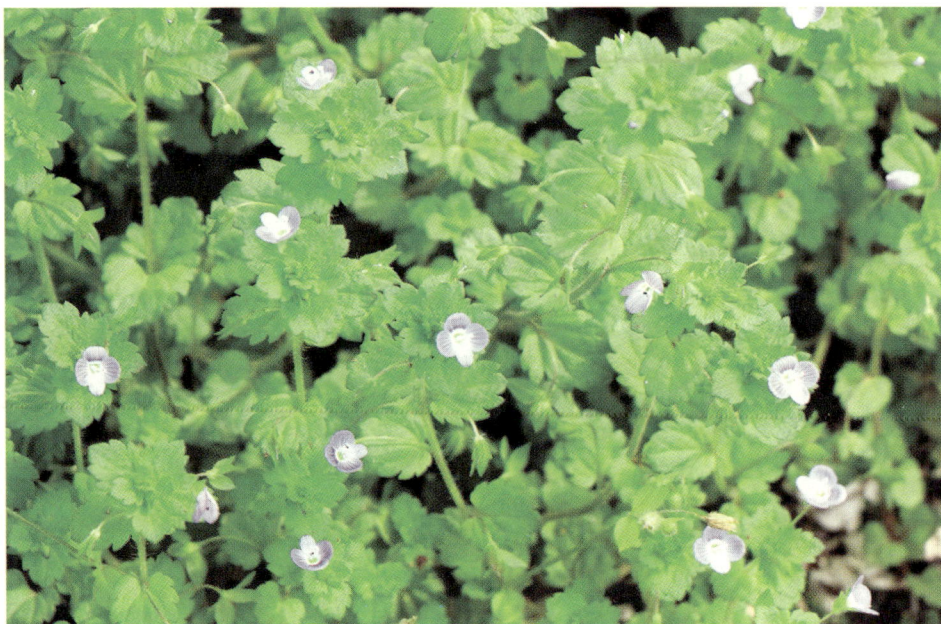

阿拉伯婆婆纳：大地上的蓝色眼眸

　　阿拉伯婆婆纳，又叫作波斯婆婆纳，是随处可见的美貌野草。阿拉伯婆婆纳早春二月便开花，也是早开的花儿。其他花儿如山桃花、紫叶李、关山樱等还在沉睡着，它便高高兴兴地探出头来了。

　　阿拉伯婆婆纳的花儿如豆子一般大小，特别小巧玲珑，比蒲公英的小花儿都要小多了，只比有"星芒"之称的繁缕要大一点。但这小花儿颜色却很漂亮，也是梦幻的蓝紫色，四枚圆圆的花瓣，花瓣上还有放射性深紫色的条纹，是一种活得很精致认真的小花儿。风一吹来，蓝色的小花儿飘飘洒洒，宛若大地在眨着眼睛，灵气十足的模样。它经常和蒲公英、繁缕生在一起，蓝的，黄的，白的小花一起闪耀着，这早春三姐妹，真是热闹又好看。把它们拍个照放在相机里看着，越看越可爱，都想写个小童话了。

阿拉伯婆婆纳美貌而自带萌感，让我想起圆圆妹妹头的樱桃小丸子。只是不知道为什么它的名字叫作婆婆纳，查资料说因其果实形状似老婆婆做针线活道具而得名。但它的花儿明明是个活泼伶俐的小姑娘的样子呢，也很能唤起人的少女心，其实可以叫作"少女纳"。

阿拉伯婆婆纳的花期相当长，从春到夏，一直到深秋，还在开花。但春天里开得最为丰美。它是热爱阳光的花儿，在日光下，阿拉伯婆婆纳神采飞扬，仿佛在流光溢彩。而开成一片的蓝紫色小花，又给人清新脱俗的感觉。

阿拉伯婆婆纳为玄参科婆婆纳属，拥有一个相当庞大的家族，婆婆纳属约有200多种植物。我国原生的婆婆纳多开白色或浅粉的小花，花朵比舶来的阿拉伯婆婆纳还要小，整朵花儿差不多只相当于阿拉伯婆婆纳的一枚小花瓣，如今也不多见了。婆婆纳属植物是药食同源的植物，茎叶可"水浸淘净，油盐调食"，滋味甘润，它全草又可入药。可补肾壮阳，凉血止血，理气止痛。明代王磐《野菜谱》有采婆婆纳歌："破破纳（婆婆纳），不堪补。寒且饥，聊作脯，饱暖时，不忘汝。"大约因为药食同源又药效显著，婆婆纳的花语便是"健康"。作为一种小草花，开开心心地生长着，唯一的心愿便是健康安宁。

有一种植物叫作假婆婆纳，真有意思，假婆婆纳不是它的别名，而是它的学名，假婆婆纳是报春花科假婆婆纳属，开五瓣白色小花，平平展展，像个高脚碟一般，也是美的，但和阿拉伯婆婆纳没法比，灵气上更是远不及。

其实还有一种和阿拉伯婆婆纳很相配的植物，那就是蒲公英。蒲公英还有个名字，叫作婆婆丁。听起来，婆婆纳和婆婆丁，好像是高颜值的一对老闺密呢。有一次回母校中南大学南校区，看到荷花池边坐着两个穿着整洁的老妇人，对着湖水微微笑着，轻轻聊着。

她们也许在回忆起年轻时的模样。那时，她们青春正好，手挽着手走在阳光下，正如同春风里的婆婆丁与婆婆纳。

玉兰：玉树自然临风

    玉兰有很多别名，如白玉兰、玉兰花、玉堂春等。玉兰开花很早，二三月就开花，因此它还有个名字叫作望春。春风一到，玉兰便绽出极明亮的花朵来。如果这时天很蓝，蓝天白花，便有璀璨夺目之感了，最好入画或者入镜。

    岳麓山下新民学会旧址里有一株生得高大的玉兰树，有七八米高吧。春日里，玉兰树开满了洁白如玉，晶莹似雪的花朵，一簇簇的，缀满了树枝，像是穿好白裙排队跳舞的小姑娘一般，挤得密密匝匝的，站得精精神神的，在春风里自在地笑。

玉兰开花的时候，真叫一个热闹。很多春天里开的花，攒足了全部力气把养分全送给花朵，就先顾不上长叶了。因此，看到的玉兰树，都是只有花儿，没有绿叶。一朵朵雪白的花儿骄傲地在春风中招摇着，照耀着，光芒耀眼。

面对这满树琼华，一时肃静无语，只一心一意地沉浸在这种春日的明亮中，只任淡淡的芬芳环绕在身边。

清代李渔认为，玉兰可称为玉树："世无玉树，请以此花当之。花之白者尽多，皆有叶色相乱，此则不叶而花，与梅同致。千干万蕊，尽放一时，殊盛事也。"玉兰的确也有"玉树临风"的风姿，气质清雅高贵，风一吹来，雪白花瓣轻轻飘坠，清香浮动，更增玉树风姿。《长物志》里，玉兰位于牡丹、芍药之后："宜种厅事前，对列数株，花时如玉圃琼林，最称胜绝。"

玉兰的香气是很端庄的。玉兰的香，便如它的花一般，让人舒服。不带任何蛊惑，也没有小性子，就是大大方方地美着，香着。"花开九瓣，色白微碧，香味似兰。"玉兰是大家闺秀的花儿，如同山茶一般美得不带攻击性，带着温雅的书卷气。但玉兰比山茶要简净，如同素装女子。明代睦石咏道："霓裳片片晚妆新，束素亭亭玉殿春。已向丹霞生浅晕，故将清露作芳尘。"

玉兰花花期很短，不过几天工夫，再去看时，便凋零了一地苍白憔悴的花瓣。据说花期只有十天。玉兰花瓣不管在树上是如何光彩照人，晶莹璀璨，如同恋爱中的姑娘，只要一落到地上，它便萎靡了，像伤透了心的女子，便如张爱玲在对胡兰成灰心之后所说的，"我只是萎谢了"。

玉兰是可以吃的。它的花瓣丰腴有质感，看着就甜脆满颊。明代王象晋在《群芳谱》中写道："玉兰花馔。花瓣洗净，拖面，麻油煎食最美。"明代王世贞也于《弇山园记》一文中提及，"弇山堂"前"左右各植玉兰五株，花时交映如雪山琼岛，采而入煎"，他在书房前种了十株玉兰花，花开如雪时摘下新鲜的玉兰花瓣，送到厨房煎制，成品"芳脆激齿"。早春赏食玉兰，还可养颜滋阴。

不过，那么美而洁净的花朵，真不忍心吃，何况还是麻油煎食呢。玉兰这种花儿，本应是不沾人间烟火气的。

辛夷：遗世而独立

　　中南大学南校区校门附近的一个小园子，种着好些辛夷。早春里，辛夷花绽开娇俏又神秘的紫红色花瓣。大一的时候偶然路过时，忍不住驻足观看，终于禁不住悄悄走进去。

　　也有不少爱好摄影的学生在这里拍照，背着大背包，举着单反，聚精会神。辛夷的香气没有含笑浓郁，也没有蜡梅馥芳。但是举起相机，仍能被它的美貌倾倒。只想独自在这园子里漫步，与辛夷两两相望，直到众人散去，"小园香径独徘徊"。

辛夷也叫作紫玉兰。玉兰和辛夷同科同属，都是木兰科木兰属，花期相近，但并不是同一种植物，玉兰可以长成高大的乔木，但辛夷就比较娇小，通常只能长到三米。辛夷不是通体紫红，而是花瓣外侧紫红，内面则是粉白，滑如凝脂。比之玉兰的端庄沉静，辛夷另有一番娇俏可人。

玉兰和辛夷花期相近。玉兰先开，玉兰开完便是辛夷开花。玉兰和辛夷也可杂交，它们的杂交品种是二乔玉兰，二乔玉兰结合了紫玉兰和白玉兰的优点，花色以白色为底，从基部泛出逐渐变深的柔和紫色，甚是好看。小区里就有几株二乔玉兰，美貌程度是在玉兰和辛夷之上的。

辛夷的花苞是褐色的，水滴状，毛茸茸的，像是小鹿或者羚羊的角。忽然想起严羽在《沧浪诗话》中所说："诗者，吟咏情性也。盛唐诸人，惟在兴趣，羚羊挂角，无迹可求。故其妙处，透彻玲珑，不可凑泊。"辛夷的美，也恰似羚羊挂角，有时便叫人失了言语。

辛夷有一个别名叫作木笔。这也是因为它的褐色花苞很像是一支毛笔倒悬的样子。明代张新曾写了一首《木笔花》，其诗曰："梦中曾见笔生花，锦字还将气象夸。谁信花中原有笔？毫端方欲吐春霞。"辛夷花也真是一种有书卷气的花儿。

辛夷花不仅有书卷气，也有一种淡泊恬然的静气。唐代王维写过一首《辛夷坞》："木末芙蓉花，山中发红萼。涧户寂无人，纷纷开且落。"辛夷坞是一个听起来就芬芳满溢的地名，意思就是生满辛夷花的小山坞。不过不知道为什么王维把辛夷形容成"木末芙蓉花"，辛夷和芙蓉长得也并不相像，个性也不像。辛夷和玉兰一样，花瓣是笔直地指向天空，而芙蓉花是临水照花的那种感觉，袅娜垂下花枝花瓣。

这首诗说的是，看那树梢上的辛夷花，在山中开出鲜艳的花瓣；涧边人家居室中寂静无人，辛夷花纷纷开后又片片撒落。这世界，来过，美过，绚烂过，便已足够。不求人知，亦不求人懂。只觉有隐隐的禅意，而心中幽芳阵阵。

辛夷花，自开又自落，它寂寞吗？也许它孤独，但不寂寞。花开的过程，便是自我完成的过程。辛夷花随心所欲地开着、开得璀璨、明亮，直到露冷风清香自老。遗世而独立，孤独，亦是一种绝美的风度。

便如写作者一般。喜欢写作的人，也未必想着一定要写出一部惊天动地的大作来，很大程度上，写作也是一种自我完成而已。在写作的过程中，便感到自己心中的花儿开了，花香满满地溢了心房。

辛夷入药功效颇多。李时珍曾记录过："夷者荑也，其苞初生如荑而味辛也。"也就是说，辛夷中的辛指其味，夷是花蕾初生时如兰草的嫩芽——荑。它的花蕾晒干了，便可以入药，可治鼻炎头痛，能消炎镇痛，中药辛夷指的便是它的花蕾。《本草求真》中说：辛夷花辛温气浮，功专入肺，解散风热。治风热移脑，鼻多浊涕，风寒客于脑之鼻塞头痛及目眩齿痛，九窍不利等。

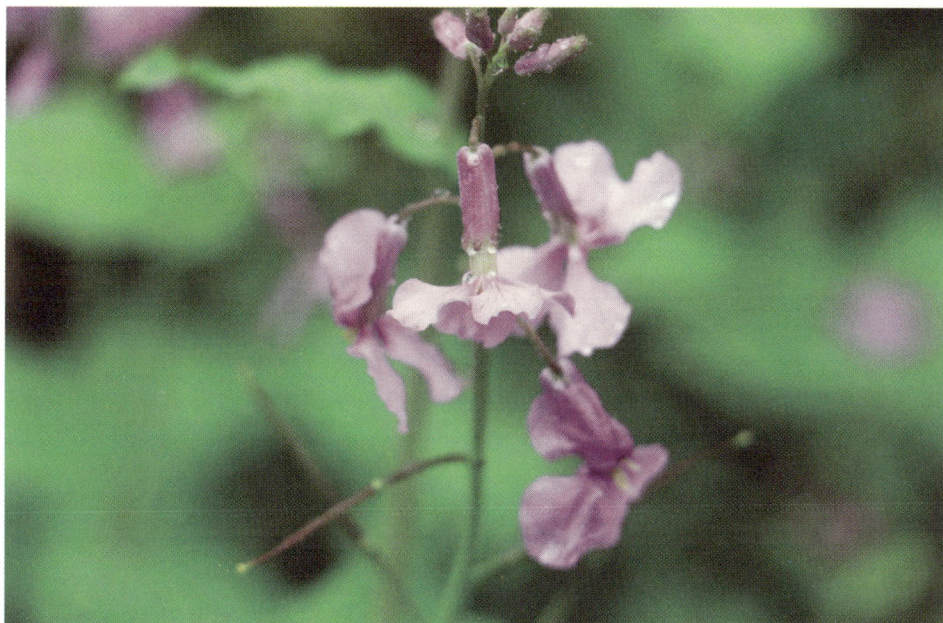

二月兰：月光下的花海

　　春天里，到南京旅行，就住在南京大学旁边。清晨在校园里漫步，触目处皆为青灰色的色调，如梦回民国。

　　青灰色的老宿舍下，一排自行车畔，都是这种小小的蓝紫色花儿，在风中摇摇摆摆，一片轻烟般的梦幻蓝紫。青年学子在这其中穿行，仿佛走在一个蓝紫色的梦里。他们的青春里，便铭刻上了这一抹柔和的淡紫色。

　　早春二月里，春风料峭，乍暖还寒之时，见到了这么一种小小的秀美蓝花儿，心里不由得浮出浅浅的欢喜来。

二月兰，顾名思义，自然是生长在二月的花儿，因农历二月前后开始开蓝紫色花，故称二月蓝，又叫二月兰。我一直是喜欢兰花的，露冷风清香自老。但二月兰却很是清秀可人，并不冷艳，而同时又隐隐含着兰花的傲骨。实际上它和兰花并没有亲属关系，大家只是同叫一个兰字而已。

二月兰又叫诸葛菜，十字花科诸葛菜属，它的花朵都是四个花瓣，像是小小的十字。十字花科的植物见得多了，觉得二月兰最为美萌。有的植物不能用漂亮来形容，因为漂亮是带有人间烟火气的。二月兰即是如此，它不漂亮，可它是令人心旌摇曳的植物美人儿，别有一番迷人的风韵。

那真是精灵一样的花儿，氤氲着湿漉漉的灵气，仿佛是极乖巧的女孩儿，有着清亮如泉水的眼神。我真希望我能有一手绝妙的画工，能把根据二月兰拟人想象而成的女孩儿画出来，一定是极其惹人怜爱的。

坐在校园里林荫道的青灰色老木椅上，看着足旁的二月兰飘飘洒洒，手里捧着书看着，就像这么静静儿看上一天。在南大的校园中，该会激发出怎样的灵感呢？

对这个学校一见钟情，不舍离开。然而我的本、硕、博，都与南大无缘。我来到这个学校，身份仅仅是个游客，不由得感到微微的遗憾了。

从南大出来，去玄武湖。在玄武湖畔，二月兰简直是大片的花海啊。还有身着雪白婚纱的新人在一片蓝紫色的花海里拍照。我不禁忘情赞叹，对先生说："我爱上南京了，想留在这里不回去了。"先生不以为然地说："上次你到了苏州也这么说，到了北京也这么说。"哎，这世上，美得令人心旌摇曳、不舍离去的地方太多了。之前读陆游的《梅花绝句》，其中说："何方可化身千亿，一树梅花一放翁。"猛地懂得了放翁的诗中之意。

北大燕园里也有很多二月兰。季羡林先生曾在自己的散文里对二月兰有所描写："二月兰是一种常见的野花，花朵不大，紫白相间。花形和颜色都没有什么特异之处。如果只有一两棵，在百花丛中，决不会引起任何人的注意。但是它却以多胜，每到春天，和风一吹拂，便绽开了小花；最初只有一朵，两朵，几朵。但是一转眼，在一夜间，就能变成百朵、千朵、万朵，大有凌驾百花之上的势头了。"二月兰的确开花量很大，结实率也很高，而每个果实里都有大量的种子，因此繁殖能力非常强，可以迅速扩散，占领大片空地，就像季先生所说："只要有空隙的地方，都是一团紫气。"

在北大燕园长大的作家宗璞，曾写过一篇童话《花的话》，说榆叶梅、芍药、迎春等一群花儿在争芳斗艳，争得不可开交："忽然间，花园的角门开了，一个小男孩飞跑了进来。他没有看那月光下的万紫千红，却一直跑到松树背后的一个不受人注意的墙角，在那如茵的绿草中间，采摘着野生的二月兰。"

啊，读到这里的时候，年少的我，一直在想，那月光下的二月兰，该是如何清雅脱俗的美啊。

含笑：花中含笑，风姿嫣然

　　小时候家的隔壁是一圈儿幽静的花园，那里有好几株含笑花。小朵白色的花朵，花瓣像削成薄片的冰一般，清香极了。那种香气，不像花香，却像是水果的香气，像是香蕉的香气，又有点像菠萝的甜香，又有点像木瓜的清芬。花心是那种沉淀下来的中国红。

　　将这样一朵小花托在掌心，娇嫩俏丽，极是可爱。那香气真是甜美而又馥郁，仿佛可以掬来一捧小口咂味。要是谁把含笑的香气提炼成某种精致小糕点，那该有多怡人啊。未入口，心已醉。

常常会在小花园里徘徊。闭上眼睛，闻着含笑花的香气，仿佛能看见一个笑盈盈的白衣小姑娘，浑身闪着光芒，在月色中顺着风在踩着舞步。小姑娘飞到香樟树旁，站在轻软芬芳的香樟树叶上，又钻出来一个绿裙子的小姑娘。

于是，在花香中想象了一个童话，含笑花的精灵，香樟树的精灵，以及其他草木的精灵，还有人类的小姑娘，共同发生的美好的故事。能呆呆地想上很久。后来便写成了一本小小的童话《小镇花园》。

其实，含笑花的香气，本身就是一个童话。浸在含笑花香中，似乎一切烦恼都已经不在。这么甜美的气息，还能有什么忧愁呢？含笑，是最能治愈人的。

林徽因曾经写过一首小诗《笑》："笑的是她惺忪的卷发，散乱的挨着她耳朵。轻软如同花影，痒痒的甜蜜涌进了你的心窝。那是笑——诗的笑，画的笑；云的留痕，浪的柔波。"这便是含笑花的香气给人的感觉呀。闻着这样的香气，只觉得本被俗世俗务羁绊着的人也轻灵得多了。宋代陈善《扪虱新话·论南中花卉》载："含笑有大小。小含笑有四时花，然惟夏中最盛。又有紫含笑，香尤酷烈。"用"酷烈"来形容含笑"香气"，可知那香气如何霸道了。而每当沉浸于含笑香中时，只想说，让香气来得更酷烈些吧。实在太好闻啦。

含笑花另外还叫含笑梅、笑梅、香蕉花，从春天里一直开到初夏。含笑花瓣开时常不满，犹如含笑之美人，含笑之名，也就因此而来。花儿并不艳丽夺目，而是清秀雅致，亭亭而立，只是盈盈微笑，让身上的芬芳沁人心脾。这样的含蓄和矜持，更是令人心旌摇曳。

宋代李纲有一篇《含笑花赋》中有："凭雕栏而凝采，度芝阁而飘香；破颜一笑，掩乎群芳。"古人云，一笑千金，这含满了笑意的美丽小花，在诗人心中，登时便有艳压群芳之势了。宋代诗人邓润甫便以含笑为题写了一首诗："自有嫣然态，风前欲笑人。涓涓朝露泣，盎盎夜生春。"那含笑像是巧笑嫣然的少女，风中盈盈立着，含满了笑意。即使含笑"泣泪"时也楚楚动人，它"清晨含苞泣露，入夜盎然芬芳。"清晨花瓣上露珠滚动，娇艳动人，夜晚则花香馥郁，令人沉醉。

　　在长沙这边含笑见得比较少。有一年三月底，在长沙橘子洲头，遇见了含笑花。含笑尚含苞，只开了两三朵。有一朵全开，象牙白的花瓣，蒂部一抹紫晕，散发出温柔的甜蜜香气。是记忆中的模样，记忆中的香气呀。好亲切。
　　后来去杭州旅游，在杭州植物园看到几株两三米高的含笑树，满树都是笑盈盈的含笑花儿，甜香馥郁得简直要熏得人醉倒过去。

　　还有一种含笑叫作"醉香含笑"，省植物园就有。每次看到这个名字，就觉得那花儿定有一种"醉眠花树下"的娇憨小女儿情态。浩然歌，莞尔笑，笑向花丛倒。这是怎样醉人的风情啊。花中含笑，风姿嫣然。
　　醉香含笑也是一种花香馥郁的洁白花朵，鲜叶水分含量很高。原来真是喝醉了的含笑啊。

紫藤：青春醺然若醉

　　紫藤是三四月间开花。《本草纲目》中也忍不住称花儿可爱："四月生紫花可爱，长安人亦种之以饰庭池，江东呼为招豆藤。"

　　唐代李白曾有诗云："紫藤挂云木，花蔓宜阳春。密叶隐歌鸟，香风留美人。"春天里紫藤开的时候，如同一个笼罩着梦幻紫烟的梦。难怪古往今来的画家都爱将紫藤作为花鸟画的好题材。汪曾祺就画过一幅紫藤，画上配文："后园有紫藤一架，无人管理，任其恣意攀盘而极旺茂，花开时仰卧架下，使人醺然有醉意。"在紫藤花下仰卧，满眼都是梦幻的紫，的确是醺然欲醉呀。汪老是懂得生活之美、生活之趣的人。

紫藤对我而言，是一种最为亲切可爱的花儿，镌刻着青春的记忆。在母校中南大学荷花池旁，有一条环绕了半个小池的紫藤长廊。紫藤长廊旁就是老图书馆。读大学时，春日里在图书馆借了书之后，就坐在紫藤长廊上看书。一仰头便是柔柔紫雾，淡淡芬芳。是怎么也忘不了的好日子。

阳光透过紫藤叶照在身上。清晨阳光是透亮的，嫩得如刚刚睡醒一般的小紫藤叶轻轻地在风里招摇。春天，头上、身侧都摇曳着梦一般的紫色，梦一般的芬芳。有熟透了的紫藤花瓣轻轻坠于裙上、衣上。拾起那小小的、铃铛般的小紫花，对着太阳看，剔透如一朵晶莹的小浪花。有人中午就睡在林荫道的长廊上，枕着太阳的香气，枕着紫色的梦幻，一脸的幸福。在这紫藤花下，用青春做一个紫色芬芳的梦，也是人生之幸了。

毕业后去旅游，凡到一个城市，必定要去那个城市里的高校校园去看看，去过很多高校了，发现大多数校园里都有紫藤长廊。看来，紫藤梦幻着很多年轻人的青春。

后来，在湖南中医药大学工作了。大学没有紫藤长廊，却有紫藤门廊。一条五六米长的拱形门廊，拱门上生长着紫藤花。春天里，也是垂下一串串淡紫色的如烟梦幻。

有位在媒体工作的记者姐姐到学校来看药植园，我用手机给她拍了一张照片。她在拱门下张开双臂，身后不远处，却忽然有一个撑伞的女孩子闯入镜头。

我歉意地说："刚刚后面的女孩子走了，要不我再给你拍一张吧。"

那姐姐只是笑吟吟地看着照片。

后来，她发了一条微信说："听说，初春季节，这条亭亭如盖的花廊曾经缀满静美的紫藤，可我终究来得太迟，无缘的寂寞散落一地。幸好，有青春在身后，撑一把十七岁的雨伞，浅笑芬芳如花，看我踏香而立。"

这朋友圈里，真是诗意盎然。

立秋以后，来到药植园，居然在紫藤长廊还能看到零星的紫藤花散落着。这个时节居然还有紫藤花，紫藤不是春季开花吗？总有一些少女心的植物不愿老去，秋天里也要开出如春天一般明艳的花，看了不禁有点儿感动。

后来我拍了这秋日的紫藤放到微博上，有朋友说这是紫藤二次开花了，但是第二次开就不够丰花，不像春天里那样子开成如烟似雾的紫色梦幻。

紫藤是一味中药，可止痛，杀虫，用于腹痛，蛲虫病。而紫藤也是一种美食，民间摘下紫藤的紫色花朵或水焯凉拌，或裹面油炸，抑或作为添加剂，制作"紫萝饼""紫萝糕"等风味面食。

唐鲁孙先生曾描述："把藤萝花摘下来洗干净只留花瓣，用白糖松子小脂油丁拌匀，用发好的面粉像千层糕似的一层馅、一层面，叠起来蒸，蒸好切块来吃，藤萝香松子香，揉合到一块，那真是冷香绕舌满口甘沁，太好吃了。"这段描述，真是让人口舌生津，也想在春天里，做一下这冷香甘沁的紫藤饼了。

桃花：绛衣披拂露盈盈

　　春日里在长沙洋湖湿地公园看到桃花，水红的、淡粉的居多，是单瓣的山桃花。逆着阳光拍去，桃花几乎透明。细看其中一朵，五片轻柔薄软的花瓣，一簇雪白花蕊，安放在暗红花柄上。真是绛衣披拂露盈盈，淡染胭脂一朵轻。其娇俏轻盈之态，真是难以描画。

　　这山桃跟垂枝梅的花儿也是很相像啊，只是垂枝梅花色更娇艳，花托为鲜红色。有时总分不清楚。桃花、杏花、樱花、梅花，这些长得很像的美丽花儿，总叫人欢欢喜喜地看花了眼。它们也各有计划，并不是同时开放，梅花先开，然后是桃花，再然后是杏花、榆叶梅，然后就到樱花了。古人还曾编出二十四番花信风，从小寒到谷雨，每五天一候，每候应一种花。经过二十四番花信风之后，夏季便来临了。普里什文在《花朵的河》里说："在春洪奔流过的地方，现在到处是花朵的洪流。"这花朵的洪流，在早春的中国，倒有一大半是桃杏了。

不得不说，桃花颜值很高，怪不得入诗入画。它是最能带来春意的花朵，"争开不待叶，密缀欲无条"，春风拂来，桃花密簇簇地满了枝头，而此时桃树的叶子尚未萌发，桃花却已经等不及了。因此看到的桃花图，都是花多于叶的。桃花的香气很是清甜，有一种天真小姑娘的感觉。

看《湖南植物志》，说桃属植物，湖南主要有三种，即毛桃、山桃以及榆叶梅。这三种桃花我都见过，觉得其中以山桃最为美貌，山桃花蕾是深粉色，开放之后则是粉白中又带一抹淡红。毛桃是果桃，可以结出桃子。而榆叶梅则是桃花中的特别品种，它又叫小桃红，因其叶片像榆树叶，花朵像梅花而得名。第一次看见，我还真以为是梅花，颜色也不似桃花的粉白，而是浓馥的紫红色。花瓣也是重瓣，如小姑娘穿的蓬蓬裙。

现在看得多的观赏类桃花其实是碧桃。碧桃是人工培养的观赏种类，它的雄蕊全部或者部分退化成花瓣，所谓瓣化。因而形成了繁复美艳的重瓣或者半重瓣，这样看起来更加美貌，又称作"千叶桃花"，但是就不能结果了。

我家小区里有一株碧桃树，同时开出雪白、晕粉、嫣红三种颜色的碧桃花。我开始以为嫁接了之后出现这样的情况，后来拍了花儿的照片放上微博，有花友告诉我，这是洒金碧桃。洒金碧桃就是这样，花开之时，花朵的颜色会由雪白渐渐转为嫣红，晕粉正是它的渐变色。我知道杏花开花会由红变白，却不知道洒金碧桃开花时可以由白变红，真是奇妙。

后来，春日里去婺源旅行，小桥流水，油菜花开，桃花吐艳，调和成一片春日的清新明丽。乡村的桥边路头，便开着几枝灼灼桃花。用手机拍了几张桃花，也觉得是水墨画儿一般的美。"桃花一簇开无主，可爱深红爱浅红"。怪不得很多美术专业的学生在这里写生。

诗文里的桃花意象是很多了。"桃之夭夭，灼灼其华"，这是《诗经·周南·桃夭》中古老的句子，那桃花一般娇美的新嫁娘满身喜气，明亮得晃了人的眼。桃花是家世兴旺的象征。总是有俗世里喜气洋洋的感觉，那一份人间烟火的安馨，让人心神温暖。

晋代陶渊明《桃花源记》中有"忽逢桃花林，夹岸数百步，中无杂树，芳草鲜美，落英缤纷"。尔后神奇幽渺的境遇徐徐展开，"世外桃源"成为中国人灵魂中对理想国度永恒的向往。王维的《桃源》里也有"春来便是桃花水，不辨仙源何处寻"。只觉"春来便是桃花水"美极清极，碧水之上的粉色桃花，"落花流水春去也"，这里的落花，应该也就是指桃花吧。"桃花流水杳然去"，也是对春日将逝的叹惋之意。

"人间四月芳菲尽，山寺桃花始盛开。"暮春孟夏，春季已逝，桃花花季已过，然而白居易在深山之中，又遇见了桃花，他惊喜非凡："常恨春归无觅处，不知转入此中来。"有一种失而复得的温暖感觉。有桃花的地方，就有春意烂漫。

《红楼梦》中沁芳桥一带堤上春天是柳垂金线，桃吐丹霞。宝玉曾题对联："绕堤柳借三篙翠，隔岸花分一脉香"。后来宝玉在沁芳桥畔偷读《会真记》，又遇上黛玉前来葬花。黛玉葬花，葬的应该就是桃花杏花一类的花朵。桃花开得喜气洋洋，云蒸霞蔚，因此凋谢之时，就分外叫人心疼。嫣红的花朵落在地上，总叫人生出几分不忍来。会想起几天前，那花儿还欢欢喜喜在枝头照耀着的，谁知道转眼就坠入尘土了呢？

因此，这般落花景致，叫如黛玉一般敏感纤细的少女看了，就会生出几分感慨和悲叹来。于是作诗吟道："桃李明年能再发，明年闺中知有谁？"和苏轼泛舟之"哀吾生之须臾，羡长江之无穷"，张若虚春江花月夜的"人生代代无穷已，江月年年只相似"一样，都是感叹时光不再，青春飞逝之意。

春天可以自制桃花酒喝。典籍里说桃花酒是用桃花浸酒，每年桃花盛开的季节，采摘适量桃花浸入白酒之中，还可加入蜂蜜和枸杞，三到五天之后，将桃花取出，桃花的香气已经尽入酒中。我没有喝过桃花酒，但是在想象里，只要轻轻抿一口桃花酒，定觉芳气袭人，恍若身边芳草鲜美，落英缤纷，仿佛一切美好从未失去，从未走远。

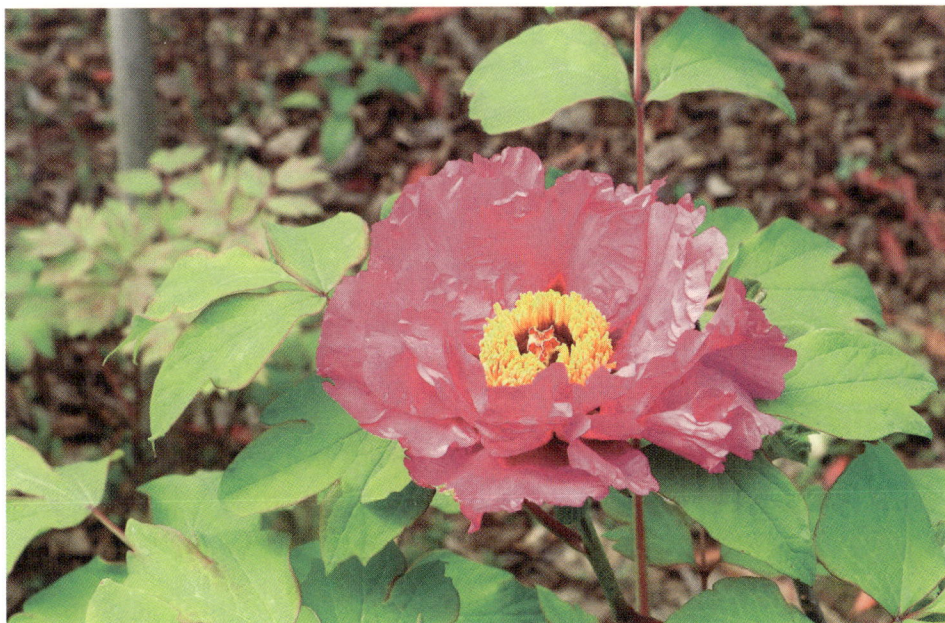

牡丹：任是无情也动人

　　三月底，在药植园遇见红牡丹花。陡然间眼前一亮，仿佛眼前立着一位唐代的宫妆女子，巧笑倩兮，美目盼兮。

　　这一朵花盘如同人面大小的牡丹花，浓艳的红色却不觉俗气，只觉明艳照人。重瓣的花儿，浓红花瓣略带褶皱，花蕊金色浓密。牡丹自带气场，我站在它面前轻轻欣赏赞叹，一时间竟忘了触摸花瓣。果然是"任是无情也动人"啊。

　　之前我并不知道药植园还种植着牡丹，牡丹生在药植园的深处，平时默默无闻，谁知道开花时忽然大放光彩，几乎倾倒了整座药植园。我在心里把春天里开放的药植花儿一株一株细细跟牡丹比较，不禁感觉真是没有一株花儿能比得上她的美貌和气势，桃、杏、樱、李和牡丹一比较，实在是太小家碧玉了，怪不得牡丹是花王。"唯有牡丹真国色，花开时节动京城。"能惊动整座京城的花儿，自然是倾国倾城之美。

过了几日，再去药植园。紫藤门廊那里的紫藤花也是开得如梦似幻，一地的淡紫色花瓣。穿过紫藤门廊，走到木栅栏内，发现白牡丹也开花了！

这白牡丹似乎比药植园深处的红牡丹略小，具体什么品种并不知道，花瓣洁白无瑕，花蕊金黄浓密，气质端庄大方。牡丹的香气按品种可分为清香型、浓香型、烈香型和异香型，但早上竟忘了凑近闻下。美得令人忘记了香，这也只有牡丹花能做到了。

白牡丹应该是很香的，虽然不如红牡丹国色天香，但清雅秀丽，又芬芳动人，也是绝色的植物美人。白居易赞它，"素华人不顾，亦占牡丹名"，又"怜此皓然质，无人自芳馨"。

《镜花缘》里说牡丹被武则天贬到洛阳，是因为未按旨开放的缘故。而后来牡丹在被武则天下令炙烤之时，忽然在火中开出亮艳的花朵，是怎样惊心动魄的美丽呢？这种牡丹，后来也被称为"焦骨牡丹"。

关于牡丹有太多的传说与故事。唐代《龙城录》中记录了这么一件趣事。唐代，在洛阳有一个名叫宋单父的人，他善于种花，而且还是种牡丹花。他不仅能把牡丹花种植得生机勃勃，还能种出花样来——他可以在园内培植出上千种不同色样的牡丹，各种牡丹争妍斗奇，引得蜂蝶纷纷。

众人都惊奇不已，但是无法得知，他这是使的什么幻术，还是魔术？但眼前的各色娇艳吐芬的牡丹，却是实实在在的。后来皇帝知道了他的这个本领，就把他召到骊山，让他种牡丹花。他胸有成竹地答应了。

很快，宋单父种下的牡丹花开出花来了。令人惊异的是，这次他种了一万多朵牡丹花，而开出的牡丹花，居然花色和模样都有差异，没有一朵花是重复的！牡丹花一朵连着一朵绵延向远方，花团锦簇，就像一面光华灿烂的锦缎一般。皇帝亲自来看时，也被这惊世骇俗的美，迷得神魂颠倒。

这位宋单父，应该是十分懂得牡丹的人了。骄傲的牡丹花，在懂它的人面前，焕发了前所未有的美。

一直想去洛阳看牡丹，却一直没有机会成行。遥想那古老风雅的年代，大唐盛世，花园庭院之中，那些繁复、富丽而又骄傲的牡丹花朵，是怎样惊艳了人的眼和心呀。

而药植园里的两种牡丹花，应该不算是牡丹花中的名贵品种，却也已经是令人心旌摇曳、心醉神迷了。

曾发现一个有意思的小现象。大花儿会吸引大蝴蝶，小花儿会吸引小蝴蝶。像去年秋天里给百日菊拍照时，飞到花上来的就是半个巴掌大小的黑凤蝶，而有紫色满天星之称的萼距花吸引的却是淡白色的小粉蝶，只有瓶盖子那么大。今年早春看李花时，李花上跳跃的翠凤蝶要比百日菊上的大蝴蝶要小，却要大过萼距花上的小粉蝶。

物以类聚，人以群分，连花蝶也一样。几次去看牡丹花，但白牡丹和红牡丹上，并无蝴蝶，大概等闲的小蝴蝶也不敢造访它们，不知道怎样富丽骄傲的大蝴蝶才配得上它们这种花王呢。

五月初，在药植园里，又见到牡丹花的果子，长得好可爱，竟是个肉肉的五角星形状的，很像海星。再看了几株牡丹花，发现还有六角星、七角星，倒也不是同一的五角星形状。谁知道牡丹花如此雍容华贵，结的果子却是这么虎头虎脑，可爱之极呢。

等牡丹花的果子成熟之后，打开果皮则会看到鼓囊囊的黑色籽粒，这些籽粒还可以榨油，是为牡丹油。

牡丹美丽的花瓣是可以吃的。清代《养小录》记载："牡丹花瓣，汤焯可，蜜浸可，肉汁烩亦可。"据说滋味细滑清爽。不过牡丹花，是真舍不得吃呀，太美了。大概觉得最可以放心吃的就是槐花和木槿了，十分亲近与家常。而牡丹花儿就是应该美得闪闪发光，骄傲地照耀着人的眼的，餐桌不是属于它的地方。

牡丹和芍药一样，以根入药，其根加工可制成"丹皮"，性微寒，味辛，无毒，有散瘀清血、清热止痛之功能，还有降低血压、抗菌消炎之作用，久服可益身延寿。

樱花：错过一场樱花雪

　　省植物园有个樱花湖，樱花树围绕着一泓湖水。和先生去过两次，第一次去得晚了一点，只欣赏到了晚樱。第二年又去，才见到了满园子的云蒸霞蔚。

　　植物园的樱花有染井吉野樱、关山樱、郁金樱、红叶樱等等。其中染井吉野樱是早樱，二三月开花，关山樱、郁金樱、红叶樱都是晚樱，四月去也能见到。

　　樱花是蔷薇科樱属，既有单瓣的，也有复瓣的，也是先花后叶。它与桃花、梅花等其他花最大的区别在于它的花不是直接长在枝干上，而是先开出小软花托，然后再开花，樱花花瓣的尖端还有小小花缺。另外，就是樱花花瓣比桃花、杏花还要来得细小。早樱跟紫叶李也十分相似，都是白瓣红心，但早樱是先花后叶，紫叶李是花叶同生，另外，紫叶李的叶子都是紫红色的。

其实在省植物园并不是第一次看到樱花了。第一次看樱花是在武汉大学。那时初中同学惠在武汉华师读书，和我一起去了武大。那里的樱花大概有日本樱花、山樱花、垂枝樱花和云南樱花这几种。武大的民国老建筑，掩映在樱花之中，仿佛时间一下倒流回了一个古老的年代。风一吹来，粉白的樱花纷纷扬扬，轻舞飞扬，犹如漫天新雪。

原来真有电影场景这么美的地方。细看樱花，只觉樱花花瓣十分细巧干净，轻轻一摸，指尖的触感也是非常柔滑细嫩。足边也是点点樱花落瓣，地上已经生了青苔，隐隐的绿，点点粉白的花瓣点缀其间，而草地上新生的嫩草草尖，也顶着这么一点芬芳的花瓣，说不出的好看。

早樱的花期很短，极盛期只有几天。春风一吹，樱花花瓣就从树上坠下，在风中纷纷扬扬，宛如下了一场微雪。桃杏花瓣也会随风而落，却没有樱花这样子纷繁细密。而且樱花花瓣更为细小，色又为粉白，走在樱花花雨里，因为意境太美，会有一种不真实的感觉。

2016 年 3 月，虽然是阳春三月，但武汉、长沙都下了一场春雪。武汉大学官网上挂出一个视频，便是"樱花雪"。夜色中，那樱花一般的雪轻软地坠在那雪一般的樱花上，分不清哪是雪花，哪是樱花。橙色的路灯温柔笼罩着，厚重的民国建筑伫立着，一时间仿佛时光倒流，美得几乎令人窒息。

真是太羡慕那个晚上在武汉大学仰头赏樱的同学们了。他们和这样极致的美景，竟挨得如此的近呀。有人说在武大的校园里看樱花，在樱花树下读美学，是人生的绝美享受。

记忆中母校中南大学似乎没有栽种樱花。湖南中医药大学则有个樱花大道，种的樱花多是关山樱。关山樱的花朵比较大，重瓣也多。到了关山樱最盛的时候，风吹过来，片片花瓣坠落在铁黑色的泥土上，显得明洁晶莹。

关山樱给人的感觉更多的便是柔美，如同婴儿肌肤一般的淡粉色，柔弱如不胜风。等樱花全开的时候，找一个黄昏，慢慢走过去，感觉会像是走在某首唐诗里。

学校的樱花树还有几株绿樱。这绿樱是重瓣的花儿，浅黄绿色，嫩嫩的感觉，比绿萼梅的颜色要深一些，可是却比绿萼梅显得更为柔和。查找资料，得知绿樱花是樱花界"熊猫"级品种，学名叫作郁金樱。蓝天下的绿樱花，美得有点儿不真实。觉得它比淡粉色的樱花显得更为好看，别有一种清雅脱俗、不食人间烟火的意味，可是又不是冷艳的。绿萼梅是冷艳的，而这郁金樱花则是温柔得叫人怜爱的。

湖南科技大学的校园樱花也是有名的，我有一位大学隔壁班的同学在那里当老师，只是多年未见。有空见了，倒想问问，湖南科大樱花，如何个美法呢？

樱花的叶子其实也很具美感。在春天的时候，樱花花开过了，才长叶，叶子平平无奇，但是到了秋天，樱花树叶全部转成富丽的橙黄色，地上也凋落了一地的橙黄，却不萎靡，也有梧桐秋意之感。拣起一枚樱花叶看，叶脉清晰，历历可见，别有一番美丽。不由得想起智利诗人聂鲁达的诗句："当华美的叶片落尽，生命的脉络才历历可见。"

樱花原产于喜马拉雅山脉。从一些资料中得知，秦汉时期，中国宫廷皇族就已种植樱花，至盛唐时期，则已普遍栽种，从宫苑廊庑到民舍田间，随处可见绚烂樱花，如云如霞。白居易诗云："亦知官舍非吾宅，且掘山樱满院栽，上佐近来多五考，少应四度见花开。"在那个时代，樱花如桃花一样，也是满浸着中国古典意味的花儿。

映山红：若彼岸之美满

在校园里，见得最多的，当是映山红了。

映山红的学名又叫杜鹃花，杜鹃花其实也不单指一种植物，它是杜鹃花科杜鹃花属某些植物的统称。杜鹃花种类众多，根据花期和引种来源大致可分为毛鹃、夏鹃、东鹃、西鹃四类，颜色有大红、紫、粉、水红、纯白、红底白边、白底红边、白底蓝边等。

在中学和大学的校园里，大都种的紫红色单瓣杜鹃花，灼灼耀眼，有一种蓬勃健康的美丽，尤其是雨后，花瓣上滚动着点点雨珠的时候，仿佛刚刚跑完 800 米测试的中学女生，汗珠点点，可是笑容明艳，青春逼人。

晚饭花的颜色已经够艳丽了，但映山红比晚饭花还要浓烈。仿佛一团燃烧着的火，要把人温柔地灼伤似的。人说："万紫千红总是春。"映山红真的是名副其实的"万紫千红""姹紫嫣红"。春日里每次初入校，便看到教学楼下一片红霞。

少年时的春天，总是被那映山红吸引住了注意力，蹲在映山红前细细看，映山红是一簇簇的，好几朵花儿密密挤在一起。每朵花儿有五片花瓣，有一枚花瓣点缀着深红色斑点，如可爱的小雀斑，花蕊则是纤长，探出花心，有次细心数了数，有一根雌蕊，十根雄蕊。虽然花容绰约花色艳丽，但是映山红仿佛是没有香气的，凑近了闻也闻不出来。

映山红的叶子则是细细小小的，呈现比较深的墨绿色。因此映山红开花的时候，完全不会注意到叶子。

那个时候很爱植物，生物是我中学成绩最好的课程之一，于是曾经涌起过一个想法，要写一本关于植物的物候日记，把每天看到的植物写下来，写满 365 天，写遍四季轮回，光阴流转。不过，中考的压力总让这个计划无法实施，于是又想着到高中再进行写作。结果进了湘阴一中之后，从高一开始，就已经感觉到了高考的压力，于是就忙着课业和备战高考。到了大学里，却已经忘记这个计划了。只是，仍然爱极植物。记忆中的那片绚烂红霞，和中学时光一起，沉淀成永不回来的青春与明艳了。

这些在校园里常见的红色杜鹃花是无毒的，甚至可以摘下花瓣生吃，有行气活血的效果。但黄色杜鹃花有毒。有一种黄杜鹃又叫羊踯躅，这个名字有一缕于草木间低徊的优美。因为羊食其叶，踯躅而死，所以才取了这个踯躅的名字。如同一种爱情，明知有毒，却仍含笑饮砒霜，"爱到心都碎，也不去怪谁，只因为相遇太美。"

后来到了大学校园，以及现在工作的校园，杜鹃花的种类则更加多样了，还看到了粉白的杜鹃花。岳麓山上也有火红的映山红，爱晚亭秋季红叶掩映，而春季，爱晚亭畔的映山红则照亮游人的眼。

春天里去省植物园的时候，杜鹃园是最明亮绚烂的一处。杜鹃园的杜鹃花品种也多，有鹿角杜鹃、西施杜鹃、云锦杜鹃、毛棉杜鹃、溪畔杜鹃、大花金萼杜鹃等200多个品种。漫步其中，满目红花绿叶在风中摇曳，风姿绝美。神思恍然，无法言说。

忽然间想起了永井荷风《浮世绘之鉴赏》中的一段话："雨夜啼月的杜鹃，阵雨中散落的秋天木叶，落花飘风的钟声，途中日暮的山路的雪，凡是无常无告无望的，使人无端嗟叹此世只是一梦的，这样的一切东西，于我都是可亲，于我都是可怀。"万物有灵且美。我们何其有幸，生活在这么一个充满梦幻与浪漫之美的草木世界中。

犹记得废名先生的《竹林的故事》，写细竹她们邂逅了开满红花的山，这山上的红花，最有可能是映山红。废名先生的文字，清淡却动人：

"你们怎么不摘花回来？"

她们本是说出去摘花，回来却空手，一听这话，双双的坐在那桌子的一旁把花红山回看了一遍，而且居然动了探手之情！所以，眼睛一转，是一个莫可如何之感。

古人说，"镜里花难摘"，可笑的是这探手之情。

细竹答道：

"是的，忘记了，没有摘。"

还是忘记的好，此刻一瞬间的红花之山，没有一点破绽，若彼岸之美满。

山茶花：青裙玉面如相识

　　山茶是山茶科山茶属，花期长，从深秋到第二年初夏都有盛放的品种，但以 1—3 月最盛。有的山茶花还浴雪而开，风姿绝美，所以又叫"耐冬"。又因花大而艳，多为红色，还有"冷胭脂""雪里娇""赤玉环"等美称。

　　苏轼写过一首潇洒飘逸的小诗："山茶相对阿谁栽，细雨无人我独来。说似与君君不会，烂红如火雪中开。"山茶若有知，当叹东坡为知己了。清代文人李渔在其《闲情偶寄》中道："花之最不耐开，一开辄尽者，桂与玉兰是也；花之最能持久，愈开愈盛者，山茶、石榴是也。然石榴之久，犹不及山茶；榴叶经霜即脱，山茶戴雪而荣。则是此花也者，具松柏之骨，挟桃李之姿，历春夏秋冬如一日，殆草木而神仙者乎？"故有"唯有山茶殊耐久，独能深月占春风"之说。

山茶花是一种沉静而有书卷气的花朵，重瓣的花朵像是欧洲那边贵族小姐穿的蓬蓬裙。颜色也落落大方，并没有娇媚妖艳之感。觉得山茶花是矜持的花中淑女。香气虽然浓郁，也不是勾魂夺魄那种蛊惑，而是令人通体舒畅、温文尔雅的香气，并没有攻击性。那是一份令人心折的风度气质。或许能形容的，是"林下风致"？沉静温文，却卓尔不群，因博学多才或技艺过人而内心自信笃定。

每年春天，都会去橘子洲头看山茶花。有一次拍了一张粉红色的山茶花，回去对着照片数了数，居然有十层重瓣。可是一点也不拥挤，平平地舒展开来。如穿着整洁、气质大方的书香淑女。茶花重瓣极多。据说重瓣茶花的花瓣可多达60片，然而排列整齐有序，井井有条。

早春之时，母校中南大学南校区白山茶花最盛。荷花池边的紫藤长廊旁，碗口大小的山茶花伴着紫藤一起开放。

仔细看了看，品种似乎是白雪塔茶花，花的白色是一种瓷器般的白，或者说，是甜白，莹润而有光泽的，看起来让人心里很舒服。精华欲掩料应难，影自娟娟魄自寒。

于紫藤花与山茶花下看书，真是不知今夕几何。后来，紫藤谢了满地了，山茶花还开得正好，花瓣依然冰片一样，重重叠叠地舒展开来，端庄大方，大家闺秀既视感。"青裙玉面如相识"。

从紫藤长廊出来，站在池心亭看白山茶花，花容水色相映，风一吹来，涟漪清凉，花影散乱，仿佛要漾到人的灵魂深处来，又是一番风味。那时我想，要是以后写小说，可以给女主人公取名"池心亭"，或者"胡心亭"。她便是山茶一般娉娉婷婷、沉静温婉的少女。

在第一教学楼后面，则是一株生得十分高大的老山茶树，有三四米高，如一把巨大的伞。开花时真是一树繁花，让人如痴如醉。走近了看，都忍不住屏住了呼吸。

在山茶树下读席慕蓉的小诗，阳光将摇曳的花影映上书页，此时此景，亦是一首小诗，而我，是诗中之人。

山茶花其实有单瓣或重瓣之分，但单瓣山茶花见得很少，大多数山茶都是重瓣了。中医药大学药植园这里有单瓣山茶花，金黄色的花蕊多且密，比之重瓣山茶花又是另一番风情。单瓣山茶花有一种孤傲倔强的意味，不似重瓣的温婉，也不如重瓣的美貌。

山茶是山茶科山茶属植物。在古代，山茶还另有一个好听的名字叫作海石榴。当时，很多诗词便是以海石榴为名来歌咏茶花的。如唐代李白的《咏邻女东窗海石榴》、柳宗元的《新植海石榴》、方干的《海石榴》等，称赞它"珊瑚映绿水，未足比光辉"。

山茶原产云南，性喜温暖、湿润的环境。据《本草纲目》中记载："其叶类茗，又可作饮，故得茶名。"周定王《救荒本草》道："山茶嫩叶炸熟水淘可食，亦可蒸晒作饮。"山茶中有一个"茶"字，是可以摘叶作为茶饮的，但因其花枝美貌还是以观赏为主。

山茶花品种极多。《花镜》载品种有 19 个：玛瑙茶、鹤顶红、宝珠茶、蕉萼白宝珠、杨妃茶、正宫粉、石榴茶、一捻红、照殿红、晚山茶、南山茶等。《格古论》载，山茶"花有数种，宝珠者，花簇如珠，最胜。海榴茶花蒂青，石榴茶中有碎花，踯躅茶花如杜鹃花，宫粉茶、串珠茶皆粉红色。又有一捻红、千叶红、千叶白等名，不可胜数，叶各小异。"宝珠茶花色明亮晶莹，犹如琥珀，极为名贵，明代诗人张新咏的《宝珠茶》："胭脂染就绛裙襕，琥珀妆成赤玉盘。似共东风解相识，一枝先已破春寒。"

《花镜》中又说山茶别称曼陀罗，在《天龙八部》中，王夫人的曼陀山庄就是遍种山茶。王语嫣在曼陀山庄长大，这是一个封闭的小世界，她的母亲是因为爱情而处于半癫狂状态的王夫人，她从未接触过外界社会，甚至不知道自己是否美貌。她把自己寄托于书本，静静在家中的琅嬛玉洞中读书，直到成长为满身书香的如玉女子。

其实山茶也称得上国色天香了，美貌不逊色于牡丹和芍药。但是它的气质十分内敛文秀，斯斯文文，丝毫没有霸气，大概它是没有为王为相的野心的，只安心做一个学者和文人。

山茶花可供药用，其花性凉，味甘苦，入肝、肺二经。《本草再新》称其"活血分，理肠风，清肝火，润肺养阴"。

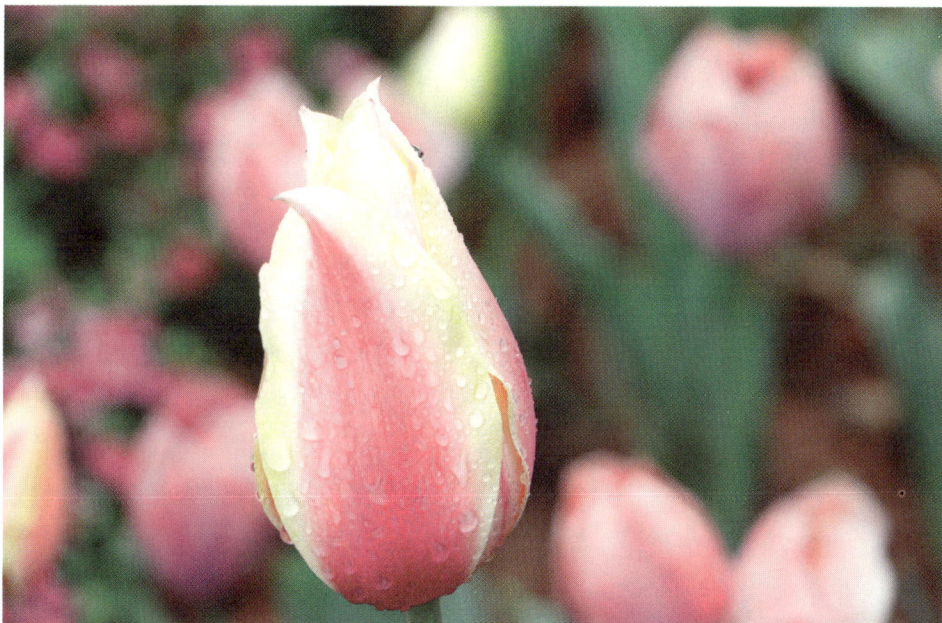

郁金香：属于童话书的植物

郁金香是和朋友小艳春天里一起去湖南省植物园时看到的。之前在我印象中，郁金香是属于童话书的植物，没有想到，会在现实中遇到。

植物园里盛开的郁金香，有一大丛一大丛如同华彩锦缎的，也有在树下的一小簇一小簇似明亮小蘑菇的，然而花型又像一枚枚装满了醇酒的小酒杯。它开得那样明艳，那样张扬，毫无顾忌地美好着，然而触手可及。我轻轻抚摸了一下它的花瓣，如婴儿的脸一般幼嫩柔滑。

那时我们是刚毕业工作的姑娘，还未脱离学生心性，看到花儿，心也就成了一朵花儿，在花儿间蹦来跳去，拿着相机拍个不停。明丽得如同精品店小饰品一般的郁金香，最对女孩儿的性子。

后来，和妈妈去昆明旅游，在云南世博花园看到更大片的郁金香、虞美人以及格桑花。那真的是花海，璀璨如明珠，绚烂似锦缎，一直一直绵延到远方。好想为了这片花海，留在昆明不走了。每周都过来看看花儿，眼睛和心里都会是明亮晶莹。

郁金香不是我国土生土长的花儿，它来自欧洲，被欧洲人称为"魔幻之花"。它也是荷兰的国花，在荷兰，几乎遍地可见郁金香，郁金香与风车、奶酪、木鞋并称"荷兰四宝"。

不过郁金香很早就传入了我国。《本草纲目》记载："郁金香生大秦国，二月、三月有花，状如红蓝，四月、五月采花，即香也。"李时珍认为郁金香的"郁"字乃取花筑酒之意。

晋代左棻有《郁金颂》云："伊芳有奇草，名曰郁金。越自殊域，厥珍来寻。芳香酷烈，悦目怡心。明德惟馨，淑人是钦。"左棻貌丑才高，为晋武帝贵嫔。但晋武帝并不真正爱宠她，不过是欣赏她的才华，作为宫中摆设而已。但作为才女的左棻对美好事物的敏锐感知，并没有因为寂寂深宫与无聊生活而消减。她称赞郁金香芳香酷烈，悦目怡心，便如女子美好的德行，足见她也是极喜爱这种魅力花卉了。

《唐书》云："太宗时，伽毗国献郁金香，叶似麦门冬，九月花开，状似芙蓉，其色紫碧，香闻数十步，花而不实，欲种者取根。二说皆同，但花色不同，种或不一也。"这里说郁金香状似芙蓉，浓香扑鼻，香闻数十步，但是曾经见过的郁金香是酒杯状，跟芙蓉花大不一样，似乎它的香气也不是很浓郁，因此有点疑惑，在漫长的岁月中，郁金香是不是有了一些变化。

美女樱：柔桡嬛嬛，万种风情

　　一种植物，居然用美女来命名，可知它的风姿之美了。而它不仅美，开花的时间也长，从春末到深秋，它们都开得高高兴兴的，也不挑地方，好像哪里都能看见似的。

　　美女樱的别名也很美，铺地锦，一地锦绣般的花儿。它还有个名字叫作铺地马鞭草，那是因为美女樱是马鞭草科，马鞭草属多年生草本植物，原产于南美洲。

学校药植园也有美女樱，靠外的园圃里有不少粉红色美女樱。美女樱虽然带个樱字，但跟樱花长得一点都不像。也只有大小有点儿类似了。美女樱的花朵儿，不过一颗小珍珠般大小，五枚花瓣，猛一看去，花心里几乎看不到花蕊。它的花朵儿也不是单朵的，而是一簇簇的，也是爱热闹的花儿。看药植标牌，原来这美女樱全草也可入药，有清热凉血的功效。这植物中的美人儿，不仅天生丽质，脾气还很随和呢，身体也壮健不娇气，还有药效，当然招人喜欢。

后来在药植园深处，见到一簇伞状的蓝紫色小花簇，分别是浅紫和深紫色，浅紫文雅，深紫梦幻，柔桡嬝嬝之感。拍了照回去查询，结果也是美女樱。蓝紫色美女樱和粉红色美女樱气质真是大不一样。粉红色的热情如火，蓝紫色的则有些冷艳孤傲的意味。后来知道美女樱花色繁多，有白、红、蓝、雪青、粉红等等，见得多的是粉红色的。

有一种紫草科植物，名字叫作勿忘我，蓝得像是植物精灵一般。花型跟美女樱很相似，一簇簇的蓝色小花。若是两种植物一起出现，也会很有意思。因为惊人美貌，所以一见难忘，是为"勿忘"。人都是视觉动物，都爱着美好的事物。

美女樱和五色梅也有点相像，一簇簇的，开得像个小绣球，只是美女樱不会变色，但美貌更有过之。

美女樱无意中流露出风流妖媚之姿，总让我想起陆小曼。其师刘海粟曾评价陆小曼的旧诗清新俏丽；文章蕴藉婉约；绘画颇见宋人院本的常规，是一代才女，旷世佳人。她妖媚风流，能诗善画，多才多艺，却也撒娇撒痴，使小性儿，任性妄为，我行我素。

这样的她，风情万种，慵懒妖媚，充满了女性魅力和蛊惑力。当日徐志摩见到陆小曼时，定然是惊艳无比的。

便如美女樱，柔桡嬝嬝。

风雨兰：朵朵儿生动

暑假的一个夜里飒飒急雨，第二天便在南郊公园看到了不少风雨兰。在树下细细拍了一朵，粉嫩娇美。回到学校药植园，一看，啊，也是遍地风雨兰了呀。白色，粉色的，朵朵儿生动。

一场大雨过后，突然冒出这么多美丽的花儿，也真叫人惊喜。像是大自然跟人开的一个善意的玩笑，让人一下子就被逗笑了，被雨打湿的心情也很快就平复了。泰戈尔在《花的学校》里写的大约便是风雨兰吧。

雨中突然冒出的花朵，像是刚刚放学的孩子："树枝在林中互相碰触着，绿叶在狂风里萧萧地响着，雷云拍着大手，花孩子们便在那时候穿了紫的，黄的，白的衣裳，冲了出来。"

风雨兰其实是一种石蒜科植物的总称，因为它常常在春夏之际大雨过后突然的盛开，便叫风雨兰。风雨兰花型像百合，所以又称雨百合。风雨兰中最常见的便是葱莲和韭莲。

湖南中医药大学这边药植园里，种得多的也是葱莲和韭莲。药植园前面，葱莲是雪白灿然的一大片。镜头里，摇曳得如同点点新雪。

葱莲是一种看起来清雅脱俗，不食人间烟火的花儿，就像是花中的冰川天女。也正因为如此，葱莲的花语便是初恋、纯洁的爱。第一次看到葱莲的时候，怔了一下，好有水仙的气质啊，怎么有可以长在泥土里的水仙呢？英国浪漫主义诗人华兹华斯写水仙的那首诗："……与这样快活的伴侣为伍，诗人怎能不满心欢乐！我久久凝望，却想象不到这奇景赋予我多少财宝……"那种心情也适用于看到葱莲时的我。

只是觉得葱莲这个名字实在太寻常了点。萱草叫作黄花菜，好歹还带有几分泥土气息的亲昵。葱莲就太过平庸了，没有什么特色，导致有很长一段时间我都分不清它和韭莲。后来得知，葱莲又名玉帘、白花菖蒲莲等，都是好听得很的名字，这才觉得安心了些。美好的植物，自然要有一个美好的适合它气质的名字来配呀。

在药植园葱莲旁边，则是一大片韭莲。韭莲比葱莲更美貌艳丽。葱莲像是大一新生，满是不施粉黛、不谙世事的清纯，还微带一缕稚气。而韭莲则是已经会一点妆扮的大二、大三学生，淡扫蛾眉，颇有几分娇艳柔美之感了。韭莲花瓣粉红色，花蕊则是金黄色，色泽非常鲜艳，叶子是线形的，纤细修长，像是韭菜，这也是它名字的由来。韭莲植株的每个鳞茎都能开花，在药植园里也是一大片一大片地开，走在其中，宛如走在一个花的童话里。韭莲给人的感觉，类似于康乃馨，温暖的，明亮的，亲切的。

风雨兰可以栽种，据说是爆盆效果极佳。"爆盆"这个词极有画面感，忽然一夜之间，光秃秃的花盆里便满目华彩明亮。

有一种风雨兰，名字就叫作初恋，和葱莲很像，只是花朵雪白，微带一抹淡淡粉色，犹如正处在恋爱中的羞涩少女，脸上是清浅的笑容，而心中浮动微妙美好的心思。"微带着忧愁，满载着温柔，欲语又停留"。还有一种风雨兰叫作胖丽丽，据说是最受欢迎的风雨兰。名字就很可爱，也是白中带粉的花瓣，只是花瓣丰腴，"胖嘟嘟"的可爱。

风雨兰的花期很长，尤以高温多湿的梅雨季节最盛，从初夏一直到深秋都有开放，是美女樱的好闺密。

木绣球：一环明月破香葩

　　绣球有两种，通常说的绣球花，指的是草绣球，草绣球是虎耳草科，草本植物，又叫作紫阳花。另一种绣球花是本木植物，忍冬科，名字就叫作木绣球，又叫作粉团花。木绣球是春天开花，是皎洁如玉的纯白色；而草绣球则是夏天开花，多为浅彩色、蓝紫色、豆绿色。

　　有一年4月份在中南大学南校区听一场讲座，林荫道旁居然看到了墨绿树丛中几团明亮的光芒，走近一看，是团团簇簇的洁白花瓣，如月光一般皎洁，密密匝匝地挤成一团绣球状，看起来很是清爽舒服。细看那花球，单朵花是五枚花瓣，皎洁纯白，真可谓"千点真珠擎素蕊，一环明月破香苞"。这就是木绣球。

以前在中南大学读书的时候并没有见过，大概也是后来种的，真是被美到了。第二年再去南校区听讲座，就留心了很多，终于见到了木绣球开花的全过程。

早春时期，木绣球郁郁葱葱，在林荫道的香樟树掩映下，并不显得出挑。到了3月份，就看到木绣球树上长出了圆圆的青绿色小花球来，稚嫩的颜色叫人觉得心里柔柔的。到了3月底，青绿色的小花就转成了雪白之色，小花球也就成了团团圆圆如一轮明月的木绣球。满棵树如同新雪堆辉，叫人移不开眼来。

这棵木绣球也生得甚高，想要摸一下花瓣都有点儿不可能。但在树下，能闻到淡淡的清香。碧色的翠凤蝶在雪球似的花儿上翩翩而飞。白花彩蝶，很是好看。

木绣球的生长过程跟草绣球也是相似的，草绣球在药植园和省植物园都有，我也都悄悄留心过，草绣球长出来，也是细细小小的小绿花球，然后渐渐的，花球就根据土壤的酸碱度化作了各种瑰丽的颜色，如橙红、蓝紫、豆绿。在颜色上，木绣球自然不如草绣球丰富，但颜值和气质上依然不输。纯白色的木绣球，如同清丽绝俗的小龙女，只一身白衣，一支荆钗，飘飘然临风而至，便有了令人忍不住屏息的美丽。

我后来到长沙市一个以琼花为主题的小公园里去看琼花，这公园里的木绣球花开得也十分的漂亮，之前觉得南校区的木绣球已经够高大了，而这里的木绣球却要高上两倍，那团团如明月的木绣球花更是生得繁盛，更是摸不到了。只能仰头看，心里暗自赞叹着。

那木绣球花儿被绿叶映衬，透出隐隐的碧青之意，真是如同玉一般。因此，有人误把木绣球当作琼花，也是说得通的。

草绣球：植物中的书香女子

    暑假里在省植物园里，见过草绣球，也就是绣球花。最喜欢蓝紫色和豆绿色，蓝紫色瑰美，像是一个梦境，豆绿色清淡，犹如一个小婴儿的吻。汪曾祺也最喜欢豆绿色，"显出一种充足而又极能自制的生命力"。

    汪曾祺写绣球花开时，他的小姑妈折了几朵插在一个白瓷瓶里，然后坐在花下写小字。觉得那个画面美极了。

绣球花上似乎有百朵蝴蝶状的小花团团聚在一起，如一个绣球一般。但其实外面那些花瓣状的物体只是它的萼片，被萼片团团围住、细细护住的中间才是花。而那些萼片实在太过精致，令人赏心悦目，因此，完全抢去了花的风头。

绣球花自带仙气，庭院里，种上一株绣球花，蓝紫色、浅粉色、豆绿色，立刻就有了不一样的圣洁感觉。也正因为这种与众不同的气质，绣球花很受女孩子青睐。雪白餐桌上，放着一盆团团簇簇的绣球花，其他什么都不用放，便有足够气场了，幸福满格之感。

绣球花也是一种浪漫的花儿。结婚的时候，新娘用洁白手套轻轻捧住的手捧花，很多用的便是绣球花。新娘把绣球花丢给哪个未婚闺密，那闺密就可以沾染新娘的喜气成为下一个新娘。

我也很想养一盆绣球花。绣球花的颜色总是很淡雅，不咄咄逼人，给人一种沉静美好的感觉。绣球花便如植物中的书香女子，通达、智慧而美丽。你无法想象她发脾气会是什么样子，事实上，她也从来不发脾气，总是淡淡地笑着，让人心神宁静。

绣球花的别名很多，又名八仙花、紫阳花、洋绣球、粉团花等，会根据土壤的酸碱性而开出不同色彩的花。张爱玲的《连环套》曾写道："靠墙地上搁着一盆绣球花，那绣球花白里透蓝，透紫，便在白昼也带三分月色；此时屋子里并没有月亮，似乎就有个月亮照着。"

不过，把绣球花比喻成月亮，并不是张爱玲原创，早在宋代，词人张炎便有《玉蝴蝶（赋玉绣球花）》一首："留得一团和气，此花开尽，春已规圆。虚白窗深，恍讶碧落星悬。扬芳丛、低翻雪羽，凝素艳、争簇冰蝉。向西园。几回错认，明月秋千。"

如此美丽温柔的绣球花实际上却是苦寒有毒的，全株均具有毒性，不能误食茎叶，否则会造成疝痛、腹痛、腹泻、呕吐、呼吸急迫、便血等现象。其根、叶、花都可用于治疗疟疾，有抗疟和解热的作用。

琼花：蝶粉霜匀玉蕊

　　一直以为，琼花便是白色的绣球花，两种花儿长得很像。后来才知道，两种植物其实完全没有亲缘关系。后来意外知道长沙也有琼花节。春日里，在长沙的紫凤公园里，有多株清美的琼花。

　　琼花又名月下美人，这个名字惹人遐思，"雪满山中高士卧，月明林下美人来"。而琼花是有雪白花瓣和嫩黄花蕊的，因此元人张可久曾经用"鹅黄雪"来形容，其《沉醉东风》曲便是歌咏琼花："蝶粉霜匀玉蕊，鹅黄雪点冰肌。"

也以为湖南是没有琼花的，琼花只在扬州。琼花的名字，也算得上极美了。琼花琼花，名字的意思是如玉生晕的花儿，有这样美丽名字的花儿，会是怎样的温润和恬美。诗人们赞它"种雪春温团影密，攒冰香重压枝斜"，又赞它"团簇毓英玉碎圆，露稀日暖欲生烟"。

还曾想过和先生一起到扬州去专门看琼花，却不想如今在长沙就能看到，很是欢喜。于是，春天里等到它的花期，便特地赶到了那个公园。

刚刚踏入公园，便是碎石子路上丛丛雪白的蝴蝶花。蝴蝶花儿本已很美，但是在琼花映衬下，竟然失了颜色。

一看到琼花，我忍不住惊叹一声，凑上前去仔细看着。琼花树生得还很高，高高矮矮的琼花嵌在墨绿色的叶间。琼花的照片我其实在网上见过，但亲眼所见，感觉还是大不一样。一朵琼花，是外缘八朵清凉油盖大小的雪白花朵，护着中间米粒大小的细密小白花。那八朵花是不孕花，五瓣花瓣圆圆可爱，而中间不起眼的小白花才是真正的琼花花儿。正因为这八朵亮眼的雪白花儿，琼花又叫作聚八仙。

当天看到的琼花，内侧的小白花儿有含苞的，有完全开放的，完全开放的花儿跟外缘的不孕花长得完全不一样，花瓣尖尖如星，而花蕊纤细金黄，其实也很好看，只是吃亏在太小，不显眼。轻轻凑近了闻，琼花有一种浓郁的气味，但并不是甜香，感觉难以形容，似乎比较难以归类在香味里面。但是像它这么美了，香味也就不那么重要了。

琼花树有高有矮，高的琼花树形成了一面花墙，不少人在花墙前拍着照。有一位梳着长辫子、穿着蓝色长裙、提着竹篮的女子在花墙前给雪白琼花拍照。那幅画面美极了，忍不住把她的背影和花墙拍了下来。她欣赏着绝美的风景之时，却没想到自己也成了绝美的风景。

琼花吸引着蜂蝶乱飞。那翠凤蝶在花丛中起起落落，在每朵花停留的时间不超过几秒钟。我的相机一直跟随着它，好不容易才抓拍到了一张照片。

琼花和木绣球相比，颜值是难分高下了。但我更喜欢团团如明月的绣球花，理由也说不出来，悦之无因。

海棠：一抹胭脂雪

　　4月里，在学校药植园里，见到几株贴梗海棠。它的花梗极短，鲜红色的花朵紧贴在枝干上，所以叫了这个名字。

　　俯下身去仔细看着，春天里，这贴梗海棠花朵是单瓣的花儿，五瓣，妍润绚烂，花蕊纤小，分外娇艳，像是低头浅笑的红衣少女。很叫人沉醉。摸了一下花瓣，光滑得像涂了蜡一般。凑近一闻，也许是四周草木之气太过浓郁，没有闻到香味。但查阅资料得知，海棠并不是传说中的"海棠无香"，实际上是有淡淡香味的。

海棠花开的时候，是春意最盛之时，春已过半。而海棠花谢时，春光便已尽逝了。因此，海棠花，也算是占尽春光了。

海棠真是艳丽，怪不得诗词中常用海棠来比喻美人。唐代诗人何希尧的《海棠》云："着雨胭脂点点消，半开时节最妖娆。谁家更有黄金屋，深锁东风贮阿娇。"古人说："海棠晕娇"，所以欣赏它"宜玉器，宜朱槛，宜凭阑，宜倚枕，宜烧银烛，宜障碧纱。"总之，有海棠点缀，便庭院生辉。因此，海棠在园林中常与玉兰、牡丹、桂花相配植，形成"玉棠富贵"的意境，海棠又叫作"花中神仙"。

海棠有睡美人的称号。《明皇杂录》记载，唐明皇登沉香亭，召太真。妃于时卯醉未醒，命高力士使侍儿扶掖而至。妃子醉颜残妆，鬓乱钗横，不能再拜。明皇笑曰："岂妃子醉，直海棠睡未足耳。"在唐明皇眼里，杨贵妃就是一枝娇艳的海棠花。海棠花又有解语花之称。五代王仁裕在《开元天宝遗事·解语花》中这样记载：明皇秋八月，太液池有千叶白莲数枝盛开，帝与贵戚宴赏焉。左右皆叹羡，久之，帝指贵妃示于左右曰："争如我解语花？"由此，解语花流传至今。

明代《群芳谱》云："其花甚丰，其叶甚茂，其枝甚柔，望之绰如处女。"又云："色之美者，唯海棠，其色浅绛。"海棠属于蔷薇科落叶乔木，有名的共有四大类，分别是贴梗海棠、垂丝海棠、西府海棠和木瓜海棠。这在《群芳谱》中也有记载："海棠有四种，皆木本：贴梗海棠，垂丝海棠，西府海棠，木瓜海棠，习称海棠四品。初如胭脂点点，及开，则渐成缬晕明霞，落则有若宿妆淡粉。"海棠花色之美在植物之中是顶尖儿了，苏东坡认为海棠花就像新雪上抹了淡淡一层胭脂那样美丽，于是便在自己的诗中称海棠为"燕支雪"，即"胭脂雪"。苏东坡吟海棠亦有"朱唇得酒晕生脸"之句。

其中，垂丝海棠的娇媚之态在其他三种之上。明人文震亨《长物志》"花木篇"之"海棠"条说："昌州海棠有香，今不可得。其次西府为上，贴梗次之，垂丝又次之。余以垂丝娇媚，真如妃子醉态，较二种尤胜。"

我在长沙见海棠花也很多。除了学校药植园的贴梗海棠，还有母校中南大学新校区的垂丝海棠，以及桃子湖畔的西府海棠。我觉得，的确以垂丝海棠颜值为最。真是美得叫人心忍不住微微地痛啊。

那天刚好下了点雨，我到母校新校区图书馆借书，却在校园内邂逅了一株垂丝海棠，半天移不开眼。花儿在蒙蒙细雨之中登时多了几分仙气，看起来似幻还真。走近了去，海棠光洁的花瓣上雨珠滚动，如美人含颦，泪盈于睫，真是被惊艳到了。俯下身来看它，都禁不住屏住了呼吸，怕会惊扰了它。

海棠的美貌，又超出了这些春天里常见的植物美人。她的花瓣是雪白晶莹之中又带一抹胭脂之色，如同倾国美人的容色，美得几乎叫人屏住呼吸。因此，觉得那个"胭脂雪"的称呼真是太准确了。

这垂丝海棠开起来，也是很有趣的。一串儿花儿，直接坠在柔软纤细的枝条上。然而每朵花都光华灿烂。不像桃杏，一树花开，热热闹闹。桃杏是家常之美，美得热闹，美得纷繁，尚带着人间烟火的气息，而海棠是美得孤绝，朵朵海棠彼此独立，若是雨中海棠，更仿佛秋波一转，光华满眼，真正意义上的秀色夺人。

垂丝海棠结果，名字叫作海棠果。据说海棠果的营养价值很高，可与猕猴桃媲美，被称为"百益之果"，果肉黄白色，果香馥郁，吃起来酸甜香脆，还可以用来酿酒。但是我却从来没吃过，也没见过，光注意花儿去了。海棠果和金樱子的果实刺梨一样，是一种过分低调的美味果子。

去南京旅游的时候刚好遇上当地的海棠花展，大多是盆景花展。莫愁湖畔，两人缓缓行着，一边赏着海棠花，一边听着《莫愁歌》，只觉如在梦中，不能相信人生竟然可以如此美好。先生回来一直念念不忘，一直说，吴侬软语，太好听了。那海棠花，也太美了。理工男词汇量有限，但满脸沉醉，不能自已。

海棠花便如这吴侬软语的江南美人，娇美柔媚，风中袅娜，不经意的风姿，便叫人的心也化了。它似乎无意于取媚任何人，但是却叫人不自禁地心旌摇曳。

黄素馨：南方的迎春花

　　中南大学南校区食堂前和荷花池畔，生着很多黄素馨，也属于爱热闹的花，一开就是密匝匝的一大片，看着就让人心情很好。春日里，金色瀑布一般垂将下来，明丽活泼的色彩，点缀在尚还湿冷的早春空气之中，如灼灼明珠。

　　南校区是我们大一度过的地方，有太多美好的回忆。虽然在中南大学数个校区之中，南校区是最不起眼的那个，却是我心中最温柔的一隅。每年初春，南校区的黄素馨在料峭春风中绽出点点清新的鹅黄，总能照亮视线。

湖南中医药大学新月湖畔，也种着不少黄素馨，金灿灿的细长柔枝四散下垂，轻点湖水。闲花照水，明媚中又带有一点嫣然的风情。

黄素馨的颜色和蜡梅花有点相近，但是比蜡梅花稍大，香气却大大不如蜡梅花。走到蜡梅旁，便是一缕极馥郁的清香，闻之让人精神为之一振。而走到黄素馨旁，很用心地闻，才闻到似有似无的一缕香气，还不知道是不是附近的草木散发出来的。但黄素馨开时明光耀眼，让人心情大好，也就忘了它的香气太淡这一小小缺憾了。

我之前一直以为那些黄素馨是迎春花。迎春花和黄素馨的确长得相像，它们都是木樨科素馨属的。黄素馨又叫野迎春，花比迎春要大。最明显的区别是，迎春花是落叶植物，早春开花，先开花后长叶，五瓣到六瓣的小花，开花时没有叶子。而黄素馨是半常绿植物，花朵多是重瓣，花叶同时在枝头。

它们之间不同的是，迎春花一般是生长在北方，惊蛰节气以后开放，灿然生光，因此又被称为"金腰带""串串金"。而黄素馨则是华中以南地区早春常开的花儿，也有个明亮的名字，叫作"金铃花"。两种也都是美中带萌的花儿了，颜值难分高低，甚至觉得黄素馨的颜值是在迎春花之上的，因为有绿叶衬托黄花，多了几分婉约柔和，黄素馨的名字也宛若喜穿鹅黄色衣裙、青春洋溢的文秀少女。但迎春的名气显然要大大超过黄素馨，以至于看到早春里的鹅黄小花，第一个念头便是"迎春花"。迎春与梅花、水仙和山茶花统称为"雪中四友"。

迎春和连翘也长得很像，都是黄色小花。不过迎春花一般有五到六个花瓣，而连翘是四个花瓣。北宋苏颂说连翘："花黄可爱，秋结实似莲作房，翘出众草，以此得名。"连翘属的植物都是四个花瓣。

作家宗璞在《二十四番花信》里，就曾写过迎春和连翘的区别："迎春的枝条呈拱形，有角棱。连翘的枝条中空，我家月洞门的黄花原以为是迎春，其实是连翘，这有仲折来的中空的枝条为证。"

在长沙没有见过迎春花，迎春花在北方常见，曾经看到一位北方花友微博上拍摄的迎春花，花儿坠落之时是整个儿花连着花托一起掉落，不萎靡、不皱褶，还保留着明亮的颜色与美好的姿态。

虞美人：妩媚嫣然的植物美人

在云南昆明的世博园里，见到大片的虞美人草。其实长沙这边的天马山也有虞美人，但是虞美人这种植物，一株展现的天然风姿和整片出现的惊艳华美，给人的感觉真是太不一样了。

当时去云南，已经是冬天了。虞美人本是夏季盛开，但是云南温暖湿润，冬天也能看到它。在酒店对面的花园里，便看见了郁金香、波斯菊，还有虞美人。

走进花园里，站在一大片一大片的虞美人草中，只觉眼前如同齐展的彩霞一般绚丽，令人赏心悦目。走在那片彩霞之中，我忍不住伸手轻轻抚摸了一下虞美人的花瓣，花瓣轻薄光洁，如同质地极佳的绸缎。

而它的花色就更丰富了，有红、白、紫、蓝等颜色，明艳华美。在昆明这个花园里看到的虞美人多为白色、粉色和红色，颜色十分饱满鲜艳，浓得化不开，粉色的尤其娇媚，仿佛喝了一点小酒，像微醺酡颜的少女。

虞美人草是罂粟科罂粟属草本植物，它与罂粟同科同属，长得很相似，也同样散发出蛊惑的魅力。但不同的是，虞美人的全株被毛，果实较小；而罂粟花植物体光滑无毛，果实较大。在昆明看到的虞美人草，茎上的确也是有着细细的绒毛。

后来有一年五一节和先生去杭州，清晨，在浙江大学紫金港校区校园内的湖边，也见到了一大片虞美人草。刚刚洒过水，虞美人花瓣上滚动着晶莹水珠，美艳之外又添了几分灵秀。校园里的虞美人，似乎浸透了学生们的青春气息，颜色更加的鲜亮。

虞美人草又名丽春花、赛牡丹、满园春、仙女蒿，名字都非常美。而它本身也是植物中的大美人，美艳花朵立在细长花茎上，花型像是一个小小的碗儿。微风一吹来，虞美人的纤细腰肢轻轻摇曳，似在舞蹈。

据《情史·情贞类》记载：虞姬和歌之后"遂自刎。姬葬处，生草能舞，人呼为虞美人草。"这种草风吹叶动如舞，故人们又称其为舞草。

后来有一个叫作桑景舒的高邮人，他听说虞美人草在听到有人弹奏《虞美人曲》时，它的枝叶会随着音乐的节奏而颤动，就像跳舞一样，而且舞姿极其柔媚动人。虽然是一棵小草，但跳起舞来，竟然有摄人心魄之美。于是，桑景舒找到了一株虞美人草，对着它弹奏《虞美人曲》，果然看到枝叶轻轻在摇摆舞动，和传说中的一模一样。

一直觉得虞美人是颇具异域风情的植物，仿佛波斯美女一般魅惑。查找资料得知，果然它不是本土植物，原产于欧洲，在唐代时传入中国。

虞美人草虽然美丽，却含有剧毒，它美得令人心神俱醉，却是可远观而不可亵玩，这也是柔弱的小草花用以自保的方法吧。但用之正途的话，却有很高的药用价值。

虞美人草全草可入药，入药叫雏罂粟，有毒，有镇咳、止痛、停泻、催眠等作用，其种子可抗癌化瘤，延年益寿。

蝴蝶花：美丽的误会

之前在母校中南大学读书的时候，是没有见过蝴蝶花的。后来有一年四月回去，到南校区荷花池旁小坐，从老电影院穿到老图书馆旁时，禁不住脚步顿了一下——

什么时候，在老图书馆附近，竹林旁边，以及第一教学楼对面的草地上，鹅卵石小径旁，冒出来一丛一丛雪白的，如鸢尾一般的蝴蝶花？在高大的香樟树衬托下，像是一幅俄罗斯的森林油画。啊，真美！

这些花儿，大概是学校后来种的吧。

走在校园里的草坪石径上，蝴蝶花一丛丛地开着，每踏一步，都有浅浅的惊喜，似乎有蝴蝶悄然栖息在足边。心里仿佛也婉转开出一朵又一朵花儿，蝴蝶花儿。

蝴蝶花的花形很优美，并不同于一般的圆形或者碗形的花朵，花瓣共有六片，外轮三片大、向下反折，内轮三片小、向上展开或直立，如翩翩蝴蝶停落，和鸢尾也很相似。中南大学的蝴蝶花是雪白花瓣，花瓣上还点缀着紫色和黄色的斑点，精致可爱。湖南中医药大学药植园也有蝴蝶花，花型与中南大学的一致，但花瓣儿是极清淡的紫色，仿佛在淡紫色的水墨中浸染过一般，看起来很舒服。

蝴蝶花又叫作扁竹根，但扁竹根这个名字远远不如蝴蝶花轻盈隽秀。我之前一直把蝴蝶花当作鸢尾花，后来才知道有不同的。它们是近亲，蝴蝶花更为小巧，颜色也不一样。蝴蝶花是鸢尾科鸢尾属，别名也挺多，又叫日本鸢尾、白花射干。是的，蝴蝶花跟射干花型也有点相像。它们亲缘关系很近。并且和射干一样，蝴蝶花也是一种药植，用于清热解毒，可治小儿发烧、肺病咳血等等。

有一种名字和蝴蝶花很相近的植物，叫作蝴蝶兰，为兰科蝴蝶兰属。蝴蝶兰看起来，也很像蝴蝶，像是展开双翼静静栖息的蝴蝶，是静态的美，而蝴蝶花像是翩然欲飞的蝴蝶，是动态的美。蝴蝶兰在兰科植物中的地位是很高的，素有"洋兰王后"之称，很是娇贵。而蝴蝶花则是随处可见的小野花，柔弱又坚韧。

北宋名相寇准曾作有《南阳帝上各赋玉蝴蝶花一绝》："堪赏东君造化奇，装成蝴蝶满纤枝。粉融轻翅攒花蕊，疑是寻芳未去时。"施枢也有《玉蝴蝶花》一诗："芳意深深掩绿苔，粉团香翅自裴回。多应又怨春归早，化作飞花满树开。"这种玉蝴蝶花，便是蝴蝶花，在古代称之为"玉蝴蝶"。施枢的"化作飞花满树开"意境很美，只是有点儿偏差，鸢尾科植物都是草本植物，因而不可能满树开，倒是寇准的"装成蝴蝶满纤枝"很是精准生动。

蝴蝶和花都是富于诗意的美妙事物，《炎樱语录》里有说："每一个蝴蝶都是从前的一朵花的灵魂，回来寻找它自己。"而在古代笔记文中，曾经记载了一种植物，它的花可以和蝴蝶互化。蝴蝶化花，花又可以化作蝴蝶。

明代朱孟震《西南夷风土记》记载："迤西溪壑之间，有草如兰，吐穗开花，状如胡蝶，卸则随风飘飏，直上为真蝶矣。附于高木，仍为花，结子可啖。"

说的是在云南西部的溪壑之间有一种奇异的草，外形和兰花很相似，清雅可人。它到了一定时节会长出穗儿，开出花朵。那花朵十分轻盈绚丽，像是一只蝴蝶伏在草上一样。有风轻轻吹来，那花朵儿便会随风而去，离开这株异草之后，花儿竟化成了真正的蝴蝶，在风里翩翩而飞。而当它停歇在树木的高处之后，又变成了花儿，还可以结出果实。果实清甜，是可以吃的。真是一种奇异的植物，花可以化成蝶，蝶又可以化成花。

现在想想，这笔记小说里瑰艳奇妙的植物，是不是指的就是蝴蝶花，蝴蝶花那翩然蹀躞的样子，像极了振翅欲飞的蝴蝶，因而让古人产生了误会，以为花会化蝶，蝶亦会化花。

真是个美丽的误会。

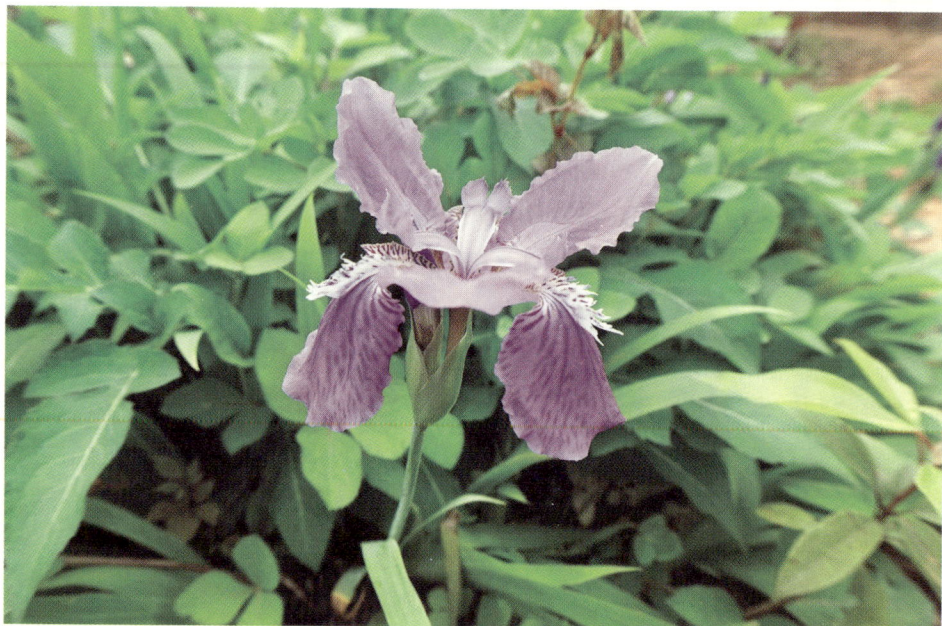

鸢尾：欲飞的蓝蝴蝶

　　春日的药植园里，在檫木下徘徊，不经意间，忽然邂逅几株蓝紫色的鸢尾花儿，像是数枚华彩的大蝴蝶停驻在叶间。

　　还有几朵鸢尾花就开在雪白的蝴蝶花中间，像是几只大蝴蝶带着一群小蝴蝶悄然栖息着，随时要随风蹁跹而去。令人忍不住有些痴痴地担忧，仿佛眼前的花儿会倏忽消失，真的化蝶而去。

　　鸢尾花形也像鹰尾，鸢为鹰，鸢尾花因而得名，常种于林下池边。因此，在长沙这边的湿地公园里，便常见鸢尾。长剑一样的叶子，翩然若飞的花朵。鸢尾也可以家养，我却不忍养在家里。这样一种看起来随时都要飞翔的花朵，它的生命，本就是野性的，属于田间山野，属于更广大的天地。

鸢尾的颜色像彩虹一样丰富，多为蓝紫色，所以古希腊的人们给它起了和彩虹女神同样的名字 Iris，即爱丽丝。爱丽丝是个能让人有美好联想的名字，譬如，会让人想起贝多芬的钢琴曲《献给爱丽丝》，那听起来真是一脸最甜美的笑容。

鸢尾还是法国的国花，凡·高就曾画过一幅《蓝色的鸢尾花》，极鲜丽明亮的色彩，仿佛要喊出声来的那种狂热和奔放。莫奈在他的花园里种着鸢尾，也曾在他的画中描摹过鸢尾。

相比被古人称之为"玉蝴蝶"的蝴蝶兰来说，鸢尾花更大而且更艳丽，又蓝紫色居多，因此也更像翩然欲飞的瑰艳大蝴蝶，所以鸢尾花被称之为"蓝蝴蝶"或者"紫蝴蝶"。鸢尾有一种很浪漫的感觉，是一种可以随时入诗的植物。

鸢尾因为貌美，见到它的人没有不被它美到的。但它却又是一种性喜自由的野花，生于乡野池畔，常不为人所知。清代文人叶申芗见到紫色的鸢尾花，为之倾倒赞叹，写了一首小词："胡蝶，胡蝶，紫艳翠茎绿叶。翩翩对舞风轻，团扇扑来梦惊。惊梦，惊梦，一样粉柔香重。"把鸢尾花写得颇为梦幻柔美。

当代诗人舒婷也曾写过一首《会唱歌的鸢尾花》："在你的胸前 / 我已变成会唱歌的鸢尾花 / 你呼吸的轻风吹动我 / 在一片叮当响的月光下 / 用你宽宽的手掌 / 暂时 / 覆盖我吧。"叮当作响的月光下，鸢尾花在诗人心中轻轻地歌唱着，让她想起最初的心动和最深沉的爱恋。

在我们小区睡莲池畔还见过一种黄菖蒲，花色娇艳明亮，有点像美人蕉。但黄菖蒲并不是美人蕉的亲戚，它是鸢尾科鸢尾属宿根草本植物，是旱生鸢尾属花卉。而鸢尾花、蝴蝶花则是中生鸢尾属花卉，另外还有鸢尾属中还有水生鸢尾属花卉，包括燕子花、花菖蒲等。

鸢尾花的香气很清淡雅致，但是我从来没有注意过鸢尾的香气，总是先迷醉在它的美貌中了。它其实不止美貌，而且深具内涵，其香气还可以调制香水，其根状茎可以作为中药，具有消炎作用。

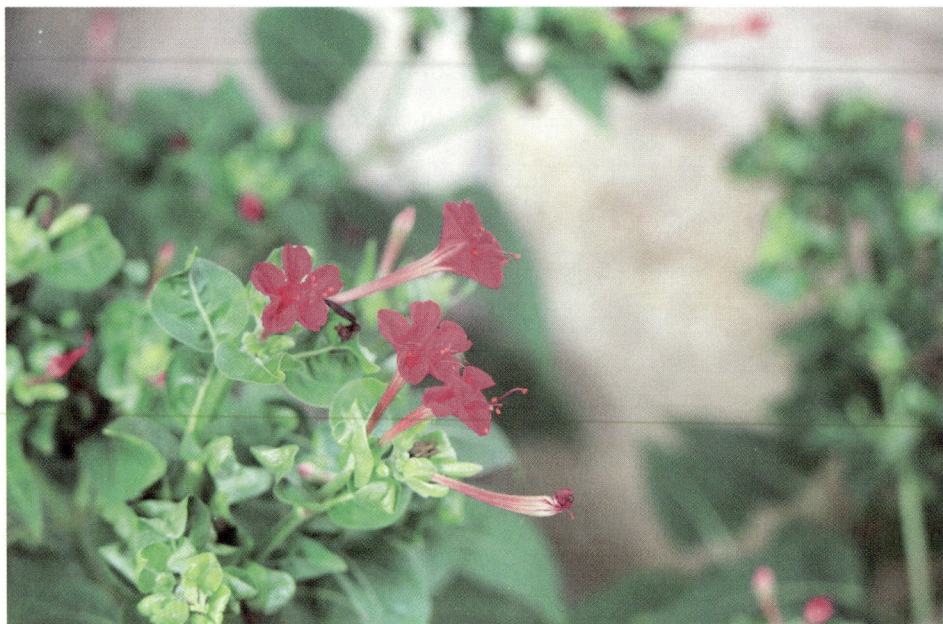

晚饭花：小姑娘的玩意儿

　　在家乡小城的小花园里，晚饭花是最常见的一种了，是和雏菊花一般令人亲切亲近的植物。放学后和好朋友去小花园玩，经常能看到。

　　晚饭花傍晚到第二天清晨开放，黄昏中散发清淡的香味。特别小巧的花儿，不过指甲盖大小的小花儿，花朵是喇叭状的，跟牵牛花有点儿相似，花瓣有五瓣，花蕊细长。

　　晚饭花有紫红、粉红、红、黄、白等各种颜色，也有杂色，但其他颜色见得很少。小花园里最常见的是紫红色的小花，一开就是一大捧，开得密密匝匝的，喜气盈盈的，颜色浓烈，兴高采烈，叫人见了就欢喜。

摘下一朵晚饭花，指尖触处，薄薄的紫色花瓣柔软而清凉，像是丝缎一般。如果把晚饭花拟人化的话，应该是十二三岁的紫衣小姑娘，不喜欢作声，只喜欢看着人笑，小鹿一样的眼眸，亮晶晶的。当我还是个小女孩的时候，也喜欢摘一朵插在头上，点缀着几分雀跃的心情。晚饭花又轻又小，小女孩的短发也插得住。

当太阳下山，暮色潮水般涌来的时候，我们就都披一身彩霞的光各自回家去了。只留下晚饭花，轻轻摇曳在清凉的月光下，独自享受这夜晚的安宁与博大，吸取天地间的灵气精华。

后来我到了长沙，晚饭花就见得很少了，植物园也没有见到。大约它原本便是属于小镇，属于乡土的小草花儿，大城市里便少见了。

后来我到了宏村旅行，终于见到了久违的晚饭花。觉得去宏村、乌镇、西塘这样的地方，还是要选一个人少安静的时点，慢慢走，细细品。古城、小镇、水乡，是总也看不厌的。忽然间，视线里闪现一大片的暖意，定睛一看，原来是一大丛紫红色的晚饭花，再抬头，是一块杏黄色的牌匾："任由时光老去，我在这里等你"。

一时间，只觉仿佛时光倒流，岁月温软。任由岁月老去，晚饭花永远在童年等我，笑嘻嘻地摇曳一片梦幻的紫。

汪曾祺曾写过《晚饭花》，并在文章开头时即说明，晚饭花因为是在黄昏时开花，晚饭前后开得最为热闹，故又名晚饭花。很喜欢汪老的文字，没有任何辞藻堆砌，也很少引经据典，却干净、明澈，如用水洗过一般清朗。他不过娓娓道来一些在他看来最平常不过的人间烟火，却用笔醇厚，让人留恋回味不已。便如这晚饭花，最寻常不过的花朵，却低徊着生活的朴素与欣喜。他曾说："我想把生活中美好的东西，真实的东西，人的美、人的诗意告诉别人，使人们的心得到滋润，从而提高对生活的信念。"

晚饭花还有个特别好听的学名叫紫茉莉，它本也属紫茉莉科。大约是紫红色花朵最为常见，又香如茉莉，因而得名。另外它还有个名字，叫作胭脂花。花儿的颜色真是非常浓烈，像是打翻了墨水一般，真是可以用来做胭脂了。

晚饭花全草还可入药，有止痛、祛风功能。《纲目拾遗》记载，紫茉莉"去风，活血。治乳痈，白浊"。晚饭花还有个威武的名字叫作地雷花。这和它的果实有关。晚饭花种子内的胚乳白色细腻，是天然的理想化妆品。《红楼梦》里宝玉为平儿理妆，平儿去找粉，却找不到，宝玉则揭开一个宣窑的瓷盒，里面盛着一排十根玉簪花样的化妆棒。他取了一根递给平儿，并告诉她说："这不是铅粉，这是紫茉莉花种子，研碎了兑上香料制的。"平儿倒在掌上看时，果见这紫茉莉花种子制成的香粉"轻白红香，四样俱美，扑在面上也容易匀净，且能润泽肌肤，不似别的粉青重涩滞"。

以前和晚饭花一起出现的，还有一种田字草。田字草又叫妹妹草，四叶草，也是飘飘洒洒的小植物。田字草是蕨类植物，不开花的，但它活得就像雏菊一般自在丰美。田字草，它把自己活成了一株花。

田字草也可以入药，具有清热、利水、解毒、止血的功效。《本草拾遗》载：田字草"捣绞取汁饮，主蛇咬毒入腹，亦可敷热疮"。

这些平凡的小植物，原来都可以成为人病痛中一味清凉的药剂。

商陆：童年的胭脂草

有一天回母校，忽然在南校区升华公寓处看到外栏杆处突兀地冒出来的一丛紫黑色商陆果，真是莫名亲切。

好久不见，甚是想念。

我初中在家乡小城的太傅实验中学读的，那里几乎是郊外了，草木繁多。在学校小卖部附近，就长着几丛商陆。紫红色的浆果，一串串的，饱满得像要滴出来似的。我最开始还一直以为是桑椹，因为跟书上桑椹的描述十分像。

　　同学们很喜欢采摘这些浆果，我也是。摘得一串浆果，小心地一颗颗把浆果拿下来，表皮光滑饱满，胀鼓鼓的。轻轻一捏，浆果裂开，便有紫红色的汁水缓缓涌出。用来涂在指甲上，比凤仙花来得要鲜艳，凤仙花总是淡淡的如轻雾一般的玫红，而商陆浆果则是鲜艳的紫红色。也有女孩子轻轻把商陆的浆果涂在脸颊或者眉心上，颜色鲜艳，像是偷了妈妈的胭脂。大概也是因为颜色鲜艳如胭脂的缘故，商陆也被叫作胭脂草。

　　一直好奇这商陆的浆果能不能吃，虽然拿来玩耍，看着很诱人，却不敢吃。后来知道真是不能吃的，吃了会中毒。美丽的植物往往有毒，这个道理也适用于商陆。

　　商陆开白色小花，一簇簇的，绿色花心，头发丝一样细小的花蕊，很是清丽可爱，但是特别不起眼。其实很多植物的细小花儿放大了是很惊艳的，可惜它们太小，低到了尘埃之中，未免就被忽略了。

　　花开过了，便结出青绿色小果子，扁扁的，像个微型的南瓜，也不好看，完全没有樟树果的秀气玲珑。谁知道果子成熟之后，商陆竟然那样风韵！在宽大的绿叶掩映下，像是一串剔透的小葡萄。不知道哪一天，忽然转头一看，丰腴饱满的浆果已经在风里招摇了。这时它就开始受到小少女的青睐了。

　　也有男孩子喜欢摘商陆，则主要是用来嬉戏打闹了。那饱满的浆果，便成了"弹药"了。如果打在白色 T 恤上，则是特别明显的紫红色痕迹，回去定是要挨骂了。幸好商陆的果汁印记也不难洗掉。

　　商陆根若是红色的，便有毒，但可入药，俗称"章柳根"，可通二便、逐水、散结，治水肿、胀满、脚气、喉痹，外敷治痈肿疮毒。

　　商陆这个名字很是特别，为什么叫作商陆呢？《本草纲目》载：此物能逐荡水气，故曰。讹为商陆，又讹为当陆，北音讹为章柳。或云枝枝相值，叶叶相当，故曰当陆。或云多当陆路而生也。

　　不过现在常见的商陆，又叫垂序商陆，并不是古诗文里所提到的那种原生商陆，它的别名又叫作洋商陆、美洲商陆。

马兰：幸福的象征

　　药植园的马兰，素雅清丽。马兰又名紫菊，一丛清幽的淡紫色。《本草纲目》载："其叶似兰而大，其花似菊而紫，故名。"马兰还有一个名字，叫作路边菊，也是一种随处可见的美丽小野花儿。

　　以前看到马兰的时候，总以为它是紫色的雏菊花。但后来了解到，马兰花和雏菊花并没有什么关系，只是都属于菊科植物，形态非常相似而已。马兰是马兰属，雏菊是雏菊属。雏菊花的颜色以红色系的为多，也有白色的雏菊。而马兰主要是淡紫色。

马兰的淡紫色很是好看，清浅秀美。记得家乡小城，我楼下的小花园里，就有很多雏菊和马兰。圆圆的小花盘，衬着柔绿的草色，特别清纯，仿佛刚刚走出森林的小女孩儿，抬起一双明净天真的眸子。

记得那时有一首儿歌："一二三四五六七，马兰开花二十一，二五六，二五七，二八二九三十一……"那时故乡小城里的小女孩儿都是一边唱着这首儿歌一边跳橡皮筋的。小学时还看过一个动画片，大意是说马兰花是幸福的象征吧，找到马兰花，就找到了幸福。

少年时读过美国女作家弗朗西斯所写的一本儿童文学《秘密花园》，小女孩玛丽闯入了一个禁闭已久的花园，她决心带着小伙伴把花园修葺一番。在改造花园的过程中，孩子们每天跟花香草气长久接触着，渐渐发生了魔术般的改变。

迪肯本来就是与大自然接触甚多的农家小男孩，"穿着打满补丁的衣服，长着一张滑稽的脸和一头乱糟糟的锈红色头发，而身上却散发着欧石楠、青草和树叶的香味"。贵族小男孩柯林则原本体弱多病、暴躁易怒，在他走进花园后，被大自然的清新美好所吸引，性子也变得柔和起来，后来他更是完全从病症中恢复，成了一个健康的男孩。至于玛丽，也长成了一个充满灵气、明媚自信的女孩。

我很喜欢这本书。一个人的灵魂深处，若是有了大自然的滋养，那他的精神便无论如何都不会干涸和枯萎。后来我亦遇到很多意想不到的变故，但是内心的花园芬芳一直都在，温暖和力量也就一直在。

和马兰一样开紫色小花的菊科植物，还有紫菀。紫菀又叫作青菀、紫茜，《本草纲目》载："其根色紫而柔宛，故名。"紫菀名字真是美得如同言情小说里女主角的名字，还是古言小说。而花儿也是美的。

紫菀和马兰同是菊科植物，很容易被混淆。仔细看还是能看出细微的差别的。紫菀比马兰更为美貌。紫菀花开的时候，也比马兰花来得密集。

紫菀为中医常用的止咳药，根及根茎晒干后切片生用或蜜炙用。《神农本草经》中记载："主咳逆上气，胸中寒热结气。"

很喜欢紫菀这个名字。要是生了双胞胎女儿，一个叫紫苏，一个叫紫菀，多美呢。

金樱子：圆脸的农家姑娘

　　学校药植园的好处，就是每种药植都会标出名字。我经常在药植园里徜徉，便渐渐熟识了各种药植。知道了药植的名字，宛若认识一个人一般。其实在长沙别处也见过金樱子，但是在中医药大学药植园才算真正认识了它。

　　四月花开，满目清新。《小窗幽记》说："四月有新笋、新茶、新寒豆、新含桃，绿荫一片，黄鸟数声，乍晴乍雨，不暖不寒，坐间非雅非俗，半醉半醒，尔时如从鹤背飞下耳。"四月也正是金樱子的花期，药植园里木篱笆里开出一朵一朵平展的雪白花儿。曾经在马来西亚和巴厘岛见过鸡蛋花，金樱子其实比鸡蛋花更像鸡蛋。平展的白色花瓣，金灿灿的花蕊，像是在锅里刚刚煮好的溏心荷包蛋。

金樱子花大而美，还甜香可人。它是蔷薇科的植物，但是却没有蔷薇那么娇小灵巧，长得和蔷薇花还是很像的，却不甚精致，但是娇憨可爱。整朵花儿，如同圆脸的农家姑娘，质朴喜人，可亲可近。蜜蜂很喜欢金樱子的花儿，在金灿灿的花蕊中欢快采蜜，不停地飞起飞落，从这朵花儿转到另一朵花儿，前爪都变成了金黄色。

到了五月，金樱子开得越发旺盛了，一人多高的金樱子树满树都是金蕊白瓣的花儿，从低到高都是花儿，便如同一面花墙一般。若有正值青春的校园女生站在花墙前面拍照，则最觉清纯。金樱子的花期可以一直延续到六月。

《本草纲目》载："山林间甚多。花最白腻。其实大如指头，状如石榴而长。"金樱子又叫刺梨子，它的果实也叫作刺梨，如指头般大小，有点儿像石榴，但是略长。

成熟的刺梨肉质肥厚，味极酸甜，据说它的维生素 C 含量极高，是当前水果中最高的，具有"维生素 C 之王"的美称。可是它的果实默默无名，现在也没有多少人会去吃刺梨，市面上也没有刺梨卖，着实低调了。也因为果实滋味酸甜，它又被称为"糖莺子、糖罐、糖果、蜂糖罐、槟榔果、金壶瓶、糖橘子"等等。在山野间，刺梨是极迷人的野果。曾听到一位年长的姐姐说过，她们小时候，最喜欢在山上摘刺梨吃，又甜又香。

金樱子自然也是一味药植。它的药用价值很高，花、叶、果、籽可入药；有健胃、消食、滋补、止泻的功效。还有一种金樱子酒是以金樱子果为主要原料，经分选、破碎、发酵与浸泡相结合的工艺，精心调配而成的野生果酒。

野山楂：宛若初相遇

　　第一次在药植园里面见到野山楂时，是四月初的时候。野山楂的花苞刚刚绽开了一点点。花苞只有一枚硬币大小，洁白的花瓣微微张开，露出石榴籽一般的小小花蕊。

　　觉得可爱极了，像是波斯猫的小时候，娇俏又慵懒，还带一点怯生生的羞涩。

　　后来四月中旬，再去药植园里看，野山楂已经进入盛花期，五枚花瓣舒展开来，几乎成同一平面，而不是矜持弯曲的碗状。青绿色的花心，雪白花蕊顶着水红花药，衬着洁白花瓣，显得清纯可爱，楚楚动人，像是戴着小红帽穿白裙子的灵气少女，她还佩着一弯绿色腰带。

怪不得有部纯爱电影就取名为《山楂树之恋》，山楂树给人的感觉真是太纯了，乡野少女既视感。

野山楂的叶子比花儿略大，清明绿色，静悄悄地托在花下，不舍得遮挡了这美貌的花儿半点风华。这也像是青春时的恋爱，情愿一心一意地付出，就希望那个人放出耀眼光芒，并不在乎对自己有什么好处。

有些植物的叶子像是嫉妒花儿的美貌，又像是要独占花儿的芳华，把花儿遮挡得严严实实，非要扒开叶子才能清晰地看到花儿。而野山楂的叶子，则是坦坦荡荡的，细心地护持着花儿，真正做好绿叶的职责，并为花儿的美丽而骄傲着。

与野山楂外表的美貌相比，野山楂的气味就有点一言难尽了。早就听说山楂气味难闻，和石楠花同款腥味，甚至气味还要更浓郁，因此我并不敢凑上去闻。这么清纯的花儿，居然不香反臭，有点弄不懂造物主的想法，有点遗憾了。

野山楂又名山里果、山里红，蔷薇科山楂属植物，落叶乔木，高可达 6 米。山楂的果子秋日成熟，《本草纲目》说它味似楂子，故亦名楂。山楂果红彤彤、圆溜溜的，有几分像樱桃，只是没有樱桃小巧精致，气质上更为淳朴。山楂果可以生吃，也可以制成果脯，"九月霜后取带熟者，去核曝干，或蒸熟去皮核，捣作饼子"。

小时候很喜欢吃的那种圆圆的水红色的山楂片，就是用山楂果做的，酸酸甜甜，也像青春的滋味，初恋的滋味。心情不好的时候吃上一片，立刻便有眉开眼笑的冲动。还有小孩子最爱的，冬天里点亮阴霾天气与心情的糖葫芦，也有山楂的成分。

山楂果干制后可入药，具有降血脂、血压、强心、抗心律不齐等作用，同时也是健脾开胃、消食化滞、活血化痰的良药，对胸膈痞满、疝气、血淤、闭经等症有很好的疗效。

接骨草：素净医女

　　暑假在药植园里，见到了接骨草，开着一簇簇雪白小花，极细巧但也极精致，五瓣，顶端尖尖，如五角星一般，花蕊也是雪白，伸出花瓣外。接骨草的花期在暮春，果期在夏秋。而花果同在的时期也是有的。

　　八月的接骨草，有的还在开花，有的已经结了小果。接骨草的果子实在令人怜爱。初结出的果子是嫩黄色，然后就变成了青绿色，成熟了的就是晶莹剔透的大红色，光滑圆润，如一个个玲珑小灯笼一般，真是可爱，且带有一种初生的纯洁和无辜的感觉。很多植物，如火棘、枸杞、南天竹、枸骨等，都是结小红果的，但是却没有接骨草的果子这样美丽。

接骨草属忍冬科，忍冬在冬天里也是结出特别漂亮的小红果。这些小红果人是不会吃的，太小了。但是却很受鸟儿们的青睐。博尔赫斯诗里曾有："只感到茉莉和忍冬的香味，沉睡的鸟儿的宁静。"

接骨草的名字便透露了它的药效。接骨草全草入药，有接骨疗伤，活血化瘀的功效。如果将接骨草拟人化，应该是一位素净医女吧。名字就是药效，可见是多敬业的药植了。而她又是如此低调而美丽。

接骨草的花叫作陆英，这名字倒是很简洁干净，像是武侠小说里哪个女侠的名字。叶子是狭长的卵形，对生。

接骨草的果实叫作蒴藋赤子，蒴藋赤子很细巧，比商陆的紫色果子还要小，比金银花的红果也要小，和红豆差不多大了。如果蒴藋赤子能有柿子那么大，说不定可以当选最美丽的药果。

有一种植物叫作接骨莲，其实就是草珊瑚，金粟兰科草珊瑚属。草珊瑚在秋冬季节也会结出晶莹剔透的小红果，真是草中的美丽珊瑚了。草珊瑚可以治疗各种炎症，咽喉肿痛的时候，含着草珊瑚含片，便觉得清凉舒服了不少。可惜草珊瑚在药植园里没有，一直很想一睹真容的。

还有一种和接骨草长得非常相像的植物，叫作接骨木。接骨草和接骨木同为忍冬科接骨木属，药用功效也相当，但并不是同一种植物。接骨草和接骨木在药植园里都有。接骨木却是在三月里开花。

接骨木在西方是常见的吧。梭罗《野果》中说成熟的接骨木果子是黑色的，果子大而且相对较轻，知更鸟等鸟儿非常爱啄食野樱桃和接骨木果。安徒生童话里有一篇《接骨木树妈妈》，里面说，在别离的时候，小姑娘把她戴在胸前的那朵接骨木花取下来，送给远行的水手作为纪念。它被夹在一本《赞美诗集》里。阿赫玛托娃纪念茨维塔耶娃的诗里，曾经把她比作接骨木，而茨维塔耶娃自己，则把自己比作花楸树："像红色的流苏，花楸树在燃烧。

树叶纷纷下坠，我则来到人间。"

接骨木是落叶灌木，高可达 4 米，接骨草则是高大草本或者半灌木，高的也可以达 2 米。但是在药植园看到的接骨草，却只有半米，接骨木也就只有一米多高。园子的空间毕竟太小了呀，那么多的药植要共生共长，不得不都尽量收拢自己的成长空间。也许在深山老林，可以看到舒展自在、释放天性的接骨木吧。

在老家舅舅诊所的药铺里，也见到了接骨草的名字。舅舅的诊所和药铺，是承接外公外婆的衣钵。从小我就喜欢去中药铺，仰头看着整齐的小抽屉上外公用毛笔写的药名。而现在小抽屉的药名，则是打印出来的宋体字，还标上了简明药效。接骨草那一个小抽屉标着："接骨草：通经活血、解毒消炎"。
手指拂过那一个个药名，依然觉得很亲切。
我用单反拍了张照片，调成橙黄色光影，瞬间时光流逝回 20 世纪 90 年代，那个小小女孩儿醉心并向往着这些草木之灵的年代。

石楠：红颜弹指老，刹那芳华

　　三月底我去中南大学南校区荷花池看书。从碎石小径中转出来，看到了绿叶掩映中密密匝匝的雪白石楠花。高大的石楠树，开的花儿却是如同点地梅一般细小秀气，此时的石楠花更多的是在含苞，圆圆的白色小花苞，未绽已动人。

　　四月初下了几场雨。春雨浇开了海桐和石楠的花儿，海桐与石楠的花儿都是头状花序，细小洁白的花儿密密挤在一起。但海桐的花柔软芬芳如淑女，而石楠的花儿却显得生动剔透像小精灵。

全盛期的石楠花开得真是太漂亮了，密密匝匝的雪白花朵，只有豆子大小，五枚花瓣圆圆透明，绽放得如同珍珠梅一般，每朵花里探出纤细浓密的嫩黄花蕊，这让它远远看去如同蒙了一层淡淡的白色烟雾一般，朦朦胧胧的，更增美丽。

石楠花是蔷薇科的植物，蔷薇科和锦葵科一样，也是盛产美人的科属，如月季玫瑰、樱花海棠。石楠的花儿虽然没有它们大，但美貌却也并不逊色于这些名花。

石楠如此美貌，气味却是不好闻的，一言难尽。石楠似乎不吸引蜜蜂和蝴蝶，吸引的是蝇类和甲虫。我就看到有食蚜蝇忙忙碌碌地在石楠花里吸食花蜜。

有人戏称石楠的气味是"荷尔蒙的味道"，又有人戏称它为"生命的气味"。有的资料描述石楠花的气味是"较温和的山楂花气味"，山楂花的气味也是不大好闻，那么清纯的花儿，可惜并不香。石楠花单朵花比山楂花要小得多了，不过美貌和气质是超过山楂花的，山楂花是乡野姑娘的纯澈秀美，石楠花则是自负风华的绝代佳人。但两种花儿的气味却是大同小异。

高大的石楠树开花是很常见的，一树晶莹，但石楠中的红叶石楠是很少开花的，因为红叶石楠主要是作为树篱，而树篱就经常被修剪打定，难以长高，因此它的生长受到影响，就不能开花了。如果不去人为干涉，任其发展，红叶石楠便也能长到四五米高，也会开出一树繁花。

它和红花檵木一样，也是被迫失去自我的绿篱植物，而它又远没有红花檵木坚强，因此开花很少，更不用提结果。但红叶石楠确实美貌啊。尤其春天里，刚刚生出不久的光亮红叶，比花儿的颜色更鲜艳，放眼望去，都是明亮耀眼的鲜红色。春光明媚的感觉立刻就有了。但这美丽的背后，却暗含悲伤。它毕竟是没法在春光里骄傲地招蜂引蝶，炫耀它的花儿了。

石楠的花期比海桐短，同一时期含苞，但萎谢得比海桐早。大概花期也不到十天吧。晶莹璀璨的小花儿忽然间便萎落下来，干巴巴地伏在枝头。海桐的萎落是缓慢的，雪白花儿转为淡黄色，然后再慢慢枯萎。而石楠花则是迅速的，红颜弹指老，刹那芳华。美得璀璨，也老得突然。

石楠花谢之后，便悄悄孕育果实，到了秋天里，会结出红色的小果子。《本草图经》记载："春生百花成簇，秋结细红实。"

海桐：香甜静

　　海桐开的也是雪白小花，但是有着淡淡清香，雨后清香更浓郁。和石楠精灵般的花朵不一样，海桐的花儿是肉质丰盈的，它更像是温和秀淑的邻家姑娘，而石楠便如惊鸿一瞥飘然离去的女子，带着蛊惑与巫气。

　　石楠花的开放是拼尽全力的，几乎一开便是全开了。几天之内，闭合的花苞全部绽放。海桐花还在一朵两朵地徐徐开放着。有天早上一出来，啊，石楠花开得如此美丽了！它迫不及待地在春光中闪耀着，明亮着，像初长成的少女，忽然发现了自己惊人的美貌，因此不管不顾地骄傲着。而海桐却还是不紧不慢，哦，又绽开了一朵小白花儿。

到了四月初，海桐的花儿也绽放了不少，袖珍的单瓣栀子花即视感，花瓣雪白质感，只是海桐是五枚花瓣，栀子花是六枚。但"香甜静"的感觉是一致的。

春日的一个早晨去上班，路上看到了海桐碧色叶间挤出几朵白色的打碗碗花，禁不住驻足，啊，打碗碗花这外表柔婉的倔强小妞也醒来了。打碗碗花很喜欢和海桐生长在一起，海桐实在是太温和宽厚的植物。

打碗碗花还开了不少，一串串微带粉色的洁白小花，攀缘在青碧色的海桐上面。因为打碗碗花枝蔓柔软轻巧，因此被它攀缘着的海桐看上去并不费力。实际上，在土壤里，打碗碗花还不知道怎么抢海桐的养料呢。打碗碗花偏生一脸温柔无害的样子，实际上是生命力极其强大的入侵植物。

五月初，海桐花儿都已经变成了金黄之色。有天早晨看到有花友发了一圈微博说海桐的花儿跟金银花一样，也是变色的，从洁白转为金黄，并且它的花瓣数量也会发生变化，由五瓣变成六瓣。这么有趣，我也要去数数海桐的花瓣儿了。海桐花也是优雅缓慢地老去，看起来就不那么悲伤，反而觉得温厚温存。

到了五月中旬，海桐的花儿就快谢尽了。看到它青绿色的小果子了。圆圆的，乖乖的样子，像是四五岁的小男孩，很听妈妈的话，搬把小凳子在凉台上和小朋友们一起乘凉。

秋天里，海桐果渐渐变黄，如同袖珍版柚子一般。等到真的成熟了，海桐果就会自动裂开，露出晶莹剔透的红色籽儿，这就是它的种子。一树红籽儿，也像花儿一般。鸟雀们很爱吃海桐籽儿。

火棘：秀丽的小花小果

  秋冬季节，有一天是特别温暖的阳光，淡橙黄色，像是老照片一般。于是中午和同事两个人在中医药大学药植园散步。忽然有一串小红果闪入眼帘，两个人都在小红果前俯下身来，细细看着。

  原来不止一串，绿树中有好几串密密匝匝的小红果。我们都觉得鲜艳好看，我伸手轻轻摸了一下小红果，小果子表皮也很光滑。火棘的叶子细小，也就几粒小红果那么大，正好陪衬小红果而不会遮住它。

  长着小红果的绿树前挂着一个标志牌，标注着

"火棘"两个字。这就是火棘了。

春夏也有见过火棘，平平常常的秀丽植物，一开始并没有引起注意。只是不明白它为什么叫这个名，既没有"火"的特质，又不是荆棘。就连春天开的花儿，也是米粒般细小的淡白色，一点也不起眼，香气也清淡。

火棘花儿形状和石楠花很像，五枚圆圆的小花瓣，细长花蕊，只是花蕊不如石楠花多，花瓣也不如石楠花晶莹剔透，但很有自己的味道。植物小淑女的感觉。

到了秋冬，比花儿略大的火红小果闪现在绿叶中时，这时觉得这个名字很有它的意境了。也因为它的小红果惹人喜爱，火棘又叫作吉祥果、红籽、火把果等。

火棘是常绿灌木或小乔木，最高可以达到 3 米。但在药植园的火棘也就 1米高。后来在教学楼下也看到了火棘，树冠被修剪得圆圆的，像小姑娘的锅盖头，也是 1 米左右的高度。但这样的高度，很方便欣赏它的小果子。

小红果可以留存树上很久，大约有一个月时间，我总是看到红果子在小绿树上闪耀着。查阅资料发现，火棘果在树上停留的时间远远超出了我的想象，到第二年二三月份都还在。

更加令人意想不到的是，火棘果不仅美貌，居然还是可以吃的美味。滋味和苹果很相似，因此又被称为"袖珍苹果"，"微果之王"。一颗细小如珠的红果其维生素 C 的含量相当于一个大苹果，是营养极高的保健型水果。大约是因为营养丰富，火棘又有了另外的名字叫"救军粮""救济粮"。火棘果实可鲜食，也可加工成各种饮料。

常青藤：青春不老心

岳麓山上，也常见常青藤。

常青藤，名字真好听，令人想起青春。青春常在，常在青春，谁不想呢。而常青藤的确是常绿木质藤本植物，一年四季，都是绿油油的。

常青藤的绿色，和绿萝还有爬山虎的都不一样。绿萝是碧青碧青的，小清新少女即视感。爬山虎则绿得很憨厚，山村女孩一般。常青藤则是沉稳的墨绿色，连新生的小叶片都有几分矜持安静，像是名校里爱读书的气质淑女。

而常青藤也确实是名校的代名词。常青藤一词通常是指美国东部八所高学术水平、历史悠久的大学。这些大学多成立于美国早期，包括哈佛、耶鲁、宾夕法尼亚大学、普林斯顿、哥伦比亚、布朗、达特茅斯和康乃尔大学。

岳麓山上，以及岳麓山下新民学会旧址那里，常青藤很常见。小小的碧绿的叶片，缠绕于木门和篱笆上。岳麓山上的常青藤，多缠绕于大树和灌木上。一转眼去，便是一泓青碧。

少年时曾多喜欢席慕蓉的诗还有散文呀。尤其是她那首《山月》："我曾踏月而来 / 只因你在山中 / 山风拂发　拂颈　拂裸露的肩膀 / 而月光衣我以华裳……"

踏月而来。真是太喜欢这四个字了。

想象一下诗中的意境。月光洒在少女身上，臂上，颈上，仿佛给她披上一层轻纱，而森林中在月下有清新的绿意，像是少女青春的模样。她这时的青春啊，真是透明如醇厚清凉的薄荷酒。

后来，少女长大了，经过了很多悲欢离合的故事，经历了很多物换星移的韶华，却始终不能忘记最初的少年，以及那晚青山里的月光和新绿。她有一晚想起往事，不能入睡，于是披衣展卷。在灯光下，笔尖流淌出一首属于青春的诗，那夜青山中的少女，和她青春温柔的模样、腼腆羞涩的心境，便在诗中定格。

不过以后的事情，诗中的少女是不知道的。诗里，在这清幽的山中，正值最好年华的少女，踏着轻软的月色，满怀着清凉的憧憬，在赴一个甜蜜的约会。

那个人，他在山中，或者不在山中，又有什么要紧呢？

要紧的，是这山中的月色，以及在月色中温柔而又微凉的少女心事。

青春本来就是轻盈明艳的，青春是午后斑驳的阳光，香樟树的清新气息，栀子花开的淡雅芬芳，单车后座上扬起的糖果色裙摆，木吉他上悄然拨动的和弦，篮球场上踢球的身影……青春，就是尽情地铺展爱与美，恣意骄傲地绽放着。有时候，青春美好得令我怀疑，那段时光是不是真的存在过，好似在电影里才有似的。

青春时，不如多沉浸一下琴棋书画诗酒花，尽情享受一下青春的自由与欢畅，待到毕业，结婚，生子，柴米油盐酱醋茶未必不是另一种烟火人间的幸福。那时就要把少女梦境细心卷起，收好，认真对待这一阶段的人生。人总是要长大的。

什么年龄，就做什么事情吧。岁月温润于心。
正值青春，就尽情地拥抱青春吧。
纵使年华老去，但愿记忆常青。
便如这常青藤。

橘树：微酸袅袅

　　一直特别喜欢吃橘子，橘子的颜色明亮如灯，橘子的香气更是好闻啊。橘花，橘木的香气，也是好闻极了，清甜，又带一缕微微的酸意，很像初恋的感觉。

　　陈丹燕的《起舞》一书里，也曾提到她恋爱时男朋友送她的那个橘子。她的男朋友在每晚他们沿着幽暗而寒冷的街道散步的时候，总是送给她一个金黄色的美丽的橘子，她觉得那是阴冷冬天里最明亮的颜色。每天深夜，当她独自回到家，把冻得冰凉的身体紧紧裹在棉被里，望着灯下那个金色的芬芳的橘子，常常觉得有一种温暖但尖锐的感情在心里流动，使得从来不失眠的女孩能整夜都睁大眼睛。

读到这里的时候，我心中有着温柔的感动，谁不曾年轻过呢？每个人年轻时的心事和情感，都是大抵相似的。

吃着橘子时，也常想起顾城的一首小诗："走了那么远，我们去寻找一盏灯。你说，它就在大海旁边，像金橘那样美丽，所有喜欢它的孩子，都将在早晨长大。"这里金橘的意象，有着灿烂光华及甜美的意味，仿佛遥远的理想，与远去的岁月。

或许可以这么说，橘子，是一种自带少年属性的植物吧，它所代表的，就是青春本身。

我们大一的时候，还曾经上山去摘橘子。岳麓山上橘子很多，小橘子很甜。一个个金黄的小橘子，掩在绿叶间，的确宛如一盏盏散发柔和光芒的小灯。隔壁班的男生摘了很多，送给他们班女生。他们班女生在串门的时候带给我们吃。小橘子不过青果大小，却甜美多汁，微带酸意，后来也沉淀为甜酸的记忆。

后来到了中医药大学工作，这里的药植园里有一棵金橘树。初夏的时候，金橘便在绿叶间掩映着它雪白的花苞。橘子花儿的确长得跟柚子花很像，白瓣金蕊，花瓣外卷，但要小上好几号，看上去如同用毫无瑕疵的白玉雕成的，比柚子花要精致很多。金橘树虽然不高，也就一人高吧，一树的花儿，花开繁密，看上去像是雪落枝头。

六月初到了药植园，就看到金橘树下一地的雪白花瓣了。金橘全谢了。结果到了六月底，又看到那棵金橘树上又是微雪般的点点小白花儿。金橘不是六月初就谢完了吗？怎么又是一树繁花，难道产生幻觉了？还是时光倒流了。药植园的李阿姨刚好在旁边除草，于是问她，她说，金橘每年是要开两次花的。

我围绕着金橘树看了半天，只觉花儿比第一次开花时开得还要繁茂。但是金橘也是有一种静气的，虽然花多，却没有热闹之感，此时在烈日炎炎下则更是安静了。记得第一次开花的时候蜜蜂嗡嗡，还有食蚜蝇也围着橘树打转。

现在却安静得很。大概天气太热，小昆虫们也蛰伏了。

七月中旬的金橘树上，已经结了指头大小的小小金橘子，掩映在绿叶之间。相比这时药植园里已经有小足球大小的柚子来说，也是小而精致得让人心中欢喜呢。

长沙橘子最多的自然是橘子洲。古潇湘八景之一的"江天暮雪"就在这里。《长沙晚报》的副刊就叫作《橘洲》。

橘子洲上生长着数千种花草藤蔓植物。当然，最多的便是橘子。橘子洲整个洲头以百亩橘园贯穿于各个景点，这便是柑橘文化园。园内有三千多株橘树，有南橘、蜜橘、红丰、酸橙等四十多个品种。

四月是橘花飘香的时节，橘花香气格外沁人心脾，让人陶醉。这个时节，去橘子洲踏青最好不过，天高云淡，满眼皆绿。春日下午，橘洲时光。而到了十月，橘子洲头的橘树上已经挂上了青碧小橘子，很是可爱。到了十一月，橘子便转为金黄色或者橙红色，在橘树上袒露着丰腴与明亮，橘皮也变得柔软细腻。这时满园都是橘子的香气。果香比花香，自然更为馥郁甜蜜。在果园里徜徉，心里也是甜美难言。

外婆在她的绿色庄园里，也种了一棵橘子树。不过因为是用一个小缸种的，橘子树生长得并不舒展，因此果子特别涩，后来慢慢的连果子也不结了。

栾树：金雪落琼枝

　　栾树是夏天里开花。八月底，栾树的花开得越发浓密，金黄的花枝上团团簇簇的小花，仰头看去，便如金雪落琼枝一般。

　　在母校主校区入门的那个林荫道，种了很多栾树，枝繁叶茂，满树黄花。车停在树下，车上落满了一层米粒般的小黄花，也是如同桂花大小，清香弥漫。仿佛车子与周围的校园秋景融为一体了。

　　去中南大学新校区借书时，发现新校区的栾树也开花了，落下了星星点点的黄色小花。衬着黑色泥土，更是灿然好看，有几分迎春花的味道。只是花朵儿实在太小了。

这样米粒大小的小黄花，总能唤起心中深藏的温柔情愫。仿佛眼前的画面，是旧相框中泛黄的老照片，可以用手轻轻抚平翘起的角。

栾树的花很多人都不认识，容易跟桂花弄混。虽然同为金黄色小花，但栾树花的颜值是在桂花之上的，花瓣纤细，花蒂上还一点鲜红，如印度女郎额上一点红，而桂花却是圆圆花瓣儿，素朴可爱，称不上美貌。只是栾树花的香气却远不如桂花了。

我曾经拍了张栾树的小黄花放上微博，有朋友留言，在这条古朴幽静的街道上桂花的阵阵芬芳香味使人心情平静。

哈，他也认错了。

每次母校林荫道上栾树花儿落满地的时候，我都会带上小微单回母校拍照。总觉得眼前的这幅场景，似曾相识。

大学时的每个夏秋，我也是这样在林荫道上，踩着满地细小金黄的花朵，愉快地向图书馆走去。夕阳把我的影子拉长，那时年轻，看什么都是轻盈快乐，连影子都像是甜蜜的麦芽糖，镶着星星点点金黄色的小花儿。

以前在学校读书的时候，想着有一天，自己结婚生子，事业有成后，再回到母校，必有一番沧海桑田的感慨感叹。谁知道每次回来小聚之后，匆匆一瞥，来不及矫情和伤感，同学们便已经又各自分离各自忙碌了。少年不识愁滋味，为赋新词强说愁。而今识尽愁滋味，却道天凉好个秋。

毕业十年聚会的照片上，我们每个人都笑得很开怀，时间渐渐把每个人的心锻造得强大而坚韧，再不是昔日脆弱敏感、伤春悲秋的小小少年。

栾树还会结出很漂亮的蒴果，蒴果中空，三片果皮团团包裹着，每片果皮三角形，像个精致的小灯笼，也叫灯笼果。因此栾树也叫灯笼树。栾树结果子的时候，最开始是青绿色，渐渐转为绛红色。当栾树上挂满红果的时候，黄花并未谢尽。因此，满树绿叶黄花红果，极是美艳动人。红果坠落在草地上，也是嫣然可爱，可以用来做摄影作品的。

栾树在古典诗词中出现得很少，古人对它也是选择性忽视的。但栾树的果子是呈鲜红色或者紫红色，如同红叶一般漂亮，也会引起诗人的惊叹。见过清人黄肇敏写的一首《灯笼树》："枝头色艳嫩玉霞，树不知名愧亦加。攀折谛观疑断释，始知非叶也非花。"他是被栾树的美貌给惊住了，那栾树枝头灿若云霞的物件是什么呢？他好奇地攀枝细看，才发现，那既不是花，也不是叶，而是栾树的果，灯笼果。

在秦汉及先秦，栾树还比较受青睐。《山海经》里已有栾树生长："大荒之中，有云雨之山，有木名曰栾。禹攻云雨，有赤石焉生栾。"先秦神话里，云雨之中，红石生绿树，瑰丽奇艳。《周礼》载："天子树松，诸侯柏，大夫栾，士杨。"大夫墓前栽植栾树，所以栾树也被称之为大夫树。《梦溪笔谈》里说，汉代庭院即多植栾树。

除了大夫树、灯笼树，栾树又被称为摇钱树、金雨树，也是很形象。

广玉兰：开在树上的荷花

广玉兰别名洋玉兰、荷花玉兰，为木兰科木兰属植物。很喜欢荷花玉兰这个名字，荷花玉兰这个名字真是美，也恰如其分。那一瓣瓣厚重又明洁的花瓣，不就像极了荷花吗？是开在树上的荷花，也香远益清。

在长沙，以及在我们故乡小城，广玉兰似乎比白玉兰更常见，在中医药大学的仲景路上，就种着不少广玉兰。中南大学主校区的林荫道上，栾树和玉兰树也是交织着种在一起的。

广玉兰的叶子很好看。广玉兰初夏开花，先发叶苞，再发花苞。那叶苞外生着一层细细的绒毛。小时候顽皮又好奇，有一次摘下叶苞来看。剥去那一层绒毛，便会露出新生的小嫩叶，薄薄的，颜色特别清新晶亮。再过些时日，广玉兰的叶苞便会绽开，渐渐长成一片一片手掌长小船般的叶子，叶子正面是墨绿色，摸上去光滑舒服，背面则是棕黄色，生着细细的绒毛。

那时喜欢采下几片广玉兰的叶子玩。在叶子背面洒上水珠，水珠并不渗入，晶莹剔透地凝成一颗，珍珠一般，滚来滚去的，跟荷叶上的露珠一样，很是有趣。有时也会把叶子放入水渠，看它像纸船一样向前平平稳稳地行去。

广玉兰的花苞表面也是有着细细的绒毛，比叶苞饱满得多了，鼓鼓囊囊的。这时剥开花苞看，可以看到花苞内的花瓣儿，十分娇软白嫩，像是熟睡中的婴儿肌肤。

初夏，广玉兰花苞轻绽，便有一丝儿清香逸了出来。广玉兰的香气，绝对不同于栀子花的香气。栀子花的香气，是暖人的，也是粘人的，像是少年时的爱情，恨不得天天腻在一块儿，说尽情话。而广玉兰的香气，则是端雅的，矜持的，它的香气也是馥郁的，却与人并不亲近，如同偶像一般，可远观而不可亵玩。和白玉兰的香气是类似的，只是更为馥郁。金宇澄写广玉兰，说它"散发甜瓜的浓香"。

全盛期的广玉兰花瓣，则是丰腴肥厚，像是胖胖的美人儿，如同一只柔润清雅的羊脂玉碗。花瓣有两层，外层六片花瓣是尽情舒展的，内侧的三片小花瓣则轻轻护住绿色的花蕊柱。花儿开过了，肥厚的花瓣则掉落下来。

广玉兰花瓣有个特点，花瓣在枝头上时神采飞扬，顾盼神飞，但是一旦落地，便憔悴了，如受过情伤的女子。尤其雨后，香气迷离，却一地萎黄。不像桃杏，即使花瓣被风吹作雪，依然娇美轻盈。

玉兰花是可以吃的。广玉兰花呢？好像未见记载，也可能是把它归于玉兰那一类了。金宇澄写广玉兰时还写道"也许把它们混合鲜奶、香草粉、薄荷，能做甜点心"，这是闻见它浓郁香气时想象的，也并不是真的做来吃了。

小城夜晚蚊虫叮人。打上花露水，扑上痱子粉，照样到处跑。广玉兰的香气，在月色浸染下越发通透清凉。

于是，梦里，亦是广玉兰清凉的芬芳。

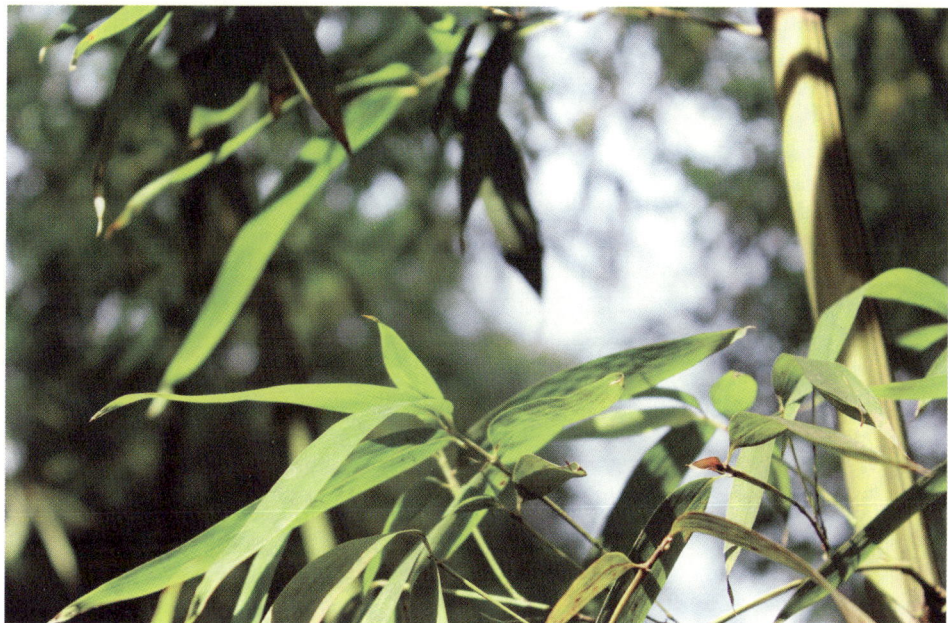

楠竹：半轮新月数竿竹

　　一直对竹子都很有情结。平日里见到最多的，是楠竹，又叫毛竹、孟宗竹。喜欢楠竹这个名字，如同青衫书生一般俊逸清雅。

　　《红楼梦》中，黛玉号潇湘妃子，而她的潇湘馆里，也是郁郁青竹，龙吟细细，凤尾森森。宝玉问她想住大观园哪儿时，她便答道，想住潇湘馆，爱那竹子清幽。有竹子的地方，总觉得清幽不凡。

　　而她的潇湘馆，书中说是"竹影参差，青苔痕迹浓淡，透过绿纱窗，阴阴翠润"。怪不得就连贾政也说，若月夜在此窗下读书，也不虚妄一生。而林妹妹，一定有过这样月下读书的风雅时光吧。半轮新月数竿竹，千卷藏书一盏茶。

岳阳的君山也是以湘妃竹出名。我小时候大舅家就在洞庭湖边上，暑假里到舅舅家去，每天都对着洞庭湖看金庸的武侠小说，直到抬头时看到落日余晖，浮光跃金。那日正看到郭靖和黄蓉在君山上与群丐打斗，抬眼遥遥望着湖心处一抹黛蓝，那就是君山了。

想象中的武侠世界，自在无忧，快意江湖。而竹子也是一种在武侠中常见的植物。剑客们一身劲装，足点竹叶，在绿色竹海中起起落落，剑光闪闪。李安电影里《卧虎藏龙》里玉娇龙和李慕白在竹林里的那场打斗，可谓行云流水，荡气回肠。竹叶拂过章子怡那时青春水灵的脸，野性晶澈的眼，只觉惊艳。

湘妃竹又名斑竹，主要就集中长在君山的斑竹山上。有一年端午小长假，与先生去了岳阳再游君山，见到那竹身上斑痕点点，似泪水纵横。传说湘妃竹上的斑痕是舜的妃子娥皇、女英泪痕所化。舜在南巡途中病逝于苍梧，二妃在湘江边上恸哭不止，泪洒青竹后，投水殉情，最后成为湘水之神。而湘妃竹也由此而来。这样飘忽凄楚的神话传说，让湘妃竹多了几分忧郁之美。

不料忽然簌簌下了一阵急雨，后来终于凉云散尽，阳光橘黄，湘妃竹上闪闪烁烁的雨珠流转光晕，景色清美。渐渐太阳西斜，岛上凭栏远望，落日熔金，湘妃竹风中摇曳，洞庭湖波澜壮阔，但觉神清气爽。

在家乡小城湘阴，柳树、香樟、悬铃木多见，竹子有但似乎不多见。到了长沙之后，竹子便随处可见了。大一所住的南校区，图书馆的老红墙旁，便有茂密修竹，竹子下还有几个石桌石凳，阳光照射，石桌上飒飒竹影摇曳，实在完全满足了我对于竹子的幻想。这里清凉幽静，附近便是荷花池，荷花池中又有一小亭，旁边是紫藤长廊，是南校区最美的景点。随手拍一张照片，都仿佛是明信片一般明丽。

毕业后每次回校，只要看到那竹林、池水、红亭、长廊，只觉我心如洗。大学时真是爱这丛竹子，个个绿生凉。又喜温庭筠的"竹风轻动庭除冷，珠帘月上玲珑影"之句，像是用水墨一笔笔精心描绘的仕女工笔画，如此精致。

如今跟竹子也很是亲近。想着如果自己有一方庭院，必定种一丛竹子在窗旁，听细雨打在竹叶上的簌簌清响。"窗宜竹雨声，亭宜松风声，几宜洗砚声，榻宜翻书声，月宜琴声，雪宜茶声，春宜筝声，夜宜砧声。"只是古人用纸糊窗，清音透耳，与自然更加亲近。

读废名的中篇小说集《竹林的故事》，在序里，废名说："我愿读者从他们当中理出我的哀愁。"这本书真是宛若一篇田园牧歌，或者是一首唐人绝句。朱光潜曾说："废名的诗不容易懂，但是懂了之后，你也许要惊叹它真好。"他的文也是呀。住在静谧竹林里的三姑娘，穿的是竹布单衣，颜色淡得同月色一般，是素朴而灵气的姑娘。多年以后，"远远望见竹林，我的记忆又好像一塘春水，被微风吹起波皱了"。看了这本书，我又寻了废名的《桥》等一些书看，心里温静柔软。"这个地方太空旷了吗？不，阿毛睁大的眼睛叫月亮装满了。""不管天下几大的雨，装不满一朵花。"

废名本人，也是竹子一般的人物吧。他一生动荡不安，内心激烈，但笔下却总是沉静坚韧，禅意隐隐。

岳麓书院的竹林也是让人流连忘返。亭台楼阁，红鱼流水，以及幽幽竹林。竹映读书苑，整个书院透出一种书卷气和学术范。我曾在书院一角看到一个博士后流动站，走近了仔细一看，原来是历史学方面的。

在这样的地方做研究，真是太理想化了。每天徜徉在书院之中，浑身上下浸透书院气质，直到把自己修炼成了一竿郁郁青竹，与书院融为一体。想着便令人神往。

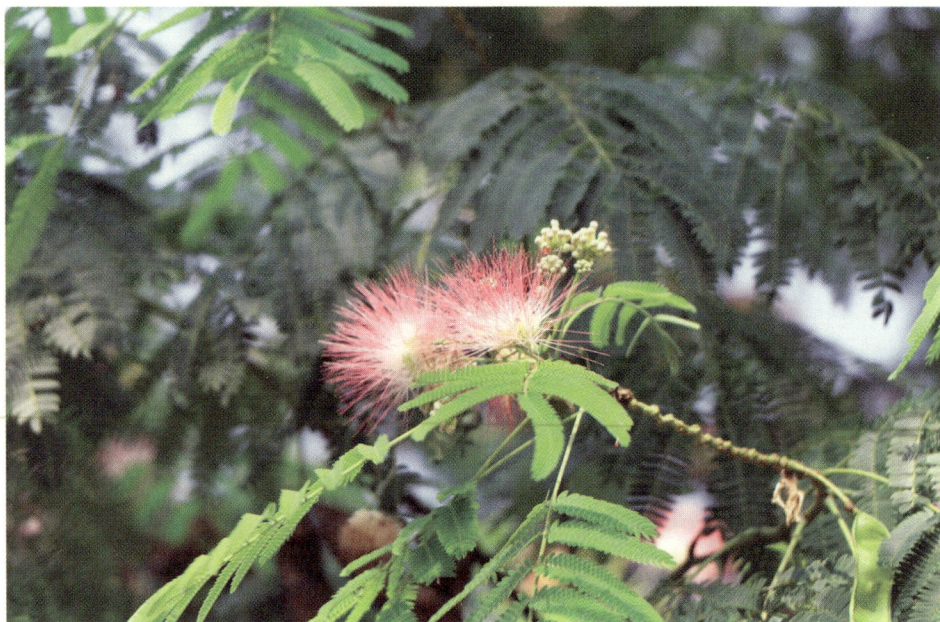

合欢：粉扑一般的花儿

　　我现在住的小区里，种有三棵合欢树。其实开始
并不知道是合欢树。夏天里听见一位朋友说，小区里
有棵树开的花漂亮而奇特。我好奇，便找去看。

　　原来是一树粉红色的花，走近了才发现是合欢。
合欢这花儿长得和其他花儿不一样，根本没有寻常意
义上的花瓣，只是散垂着一簇簇飘飘洒洒的花丝，那
花丝其实就是合欢的管状花萼，颜色鲜亮，像是一把
把小扇子，或者是帽缨。都不像花儿，像是哪个手巧
的小姑娘做出来的闺房小玩意儿。真是美。

合欢夏天开花，秋天结果，它的叶子也生得柔美，像是羽毛一般，袅娜下垂，和含羞草的叶子很是相似。合欢叶则更是有趣，太阳升起，两侧叶片便渐渐分开；而夜幕降临，这两侧的叶片也渐渐合拢。这朝开暮合，就像一对情侣那样晨分夜合，因而赢得了"合欢"这个美名。

这个合欢叶跟睡莲花的习性倒是相似的。为了看它是不是晚上闭合，我还特意晚上散步到那里看。知道这个合欢花是含羞草科之后，总想着去摸摸它的叶子，只是这棵合欢树长得太高了，实在够不着。

这世界上怎么会有含羞草科这样可爱的植物呢？"似一朵水莲花不胜凉风的娇羞"，会腼腆害羞的植物，总是另有一种动人风情。

查询资料之后，觉得我们小区里的这棵合欢树应该是细叶合欢，又叫香水合欢。细叶合欢的别名很好听，又叫细叶粉扑花、羽叶粉扑花、香水粉扑花等，含羞草科粉扑花属。粉扑花，也真是形象啊。花丝基部合生，下端雪白，上端为粉红色，真像是一团粉色扑在了本是粉红色的花儿上。

合欢树又叫楮树。扬之水的书名《楮柿楼读书记》的由来便是，她家院子里有一棵楮树和一棵柿子树。《红楼梦》中黛玉与湘云联句，也曾吟道："阶露团朝菌，庭烟敛夕楮。"

嵇康曾说："合欢蠲忿，萱草忘忧。"蠲是除的意思。合欢还有个好听的名字叫作青棠。宋代范成大有《行路难》诗："赠君以丹棘忘忧草，青棠合欢之花。"是啊，见到如此飘洒而优美的合欢花，谁还会生什么气呢。

在药植园里也见过一株跟合欢花长得非常相像的花树，开的花儿花型十分相似，只是花儿是淡白色的。问过药学院的王老师才知道，这是山合欢，也叫作山槐。与娇柔甜美得如同闺秀一般的合欢相比，山合欢要高大粗犷很多，树如其名，真是"山里的合欢"了，带几分野性。它的叶子也比合欢叶子宽厚，像是槐叶，这也是它的别名"山槐"的来源。它的花儿颜色也没有合欢花那种小女儿情怀，淡白色或者浅黄色，是质朴的土地的颜色。

合欢花可以药用。但作为药用，只有合欢花和合欢皮才行。《神农本草经》

早就记载了合欢皮、合欢花的主要功能："安五脏，和心志，令人欢乐无忧。"

　　合欢花可单泡，也可和冰糖、蜂蜜共同冲泡。《红楼梦》第三十八回载：林黛玉吃了一点子螃蟹，觉得心口微微的疼，须得热热地吃一口烧酒，于是宝玉便命将那合欢花浸的酒烫一壶来。这也必是一壶令人忘忧的美酒了。

紫薇：巧笑倩兮

到了夏秋之季，校园里的紫薇花都开了。花团锦簇，云霞一般。早春的花儿，清新秀逸，而初夏的花儿，则热烈馥郁。栀子香浓，榴花耀眼。这紫薇也是格外鲜丽。

这个夏天，见面最多的花儿，是紫薇花了。小区里，学校里，洋湖湿地公园里，南郊公园里，几乎随处可见。

办公楼下也有一树如同笼着点点淡紫色轻烟的紫薇花。每次想拍照的时候，都有好几只蜜蜂围着花儿嗡嗡叫，我便不敢十分走近了去，远远地用手机拍了一张。颜值高的花儿，怎么拍都好看。

小区里紫薇花最多，各色的都有。有一次从楼里出来，看到紫色紫薇花下面，一个中年妇人抱着胖胖的孙儿，口角含笑。小娃娃好奇地伸手去摸那柔软的小花儿。他明亮的瞳仁里，倒映了这生命最初的绚烂色彩。

紫薇花儿即使是坠落在地上，也毫不萎靡，依然保持着姣好的花容与明亮的颜色。在中南大学新校区拍一组新书的照片，茵茵草地上掉落了不少紫薇花。凋落的紫薇花颜色依然鲜艳好看。把几朵紫薇花放在书上做陪衬，镜头里看来相当美貌。

紫薇花开之前，是紧紧裹住的六瓣花苞，圆圆硬硬的，和石榴花苞有点相似，但是更小。等到盛开时，真叫人心动。绽开时花像轮盘，四周花生六朵，粗看是密密匝匝的小花儿，细看时一穗多花，而中间生出几丛金黄色的娇嫩花蕊。

紫薇花色明艳，像是生性爽朗的少女，自不消说。而花的质地是那样轻软柔嫩，像是丝绸一般。每次用手指轻轻抚过，总忍不住心里轻轻颤动。要说紫薇的貌美，肯定及不上牡丹、芍药，跟木槿蜀葵比起来，也大为不如。甚至跟凤仙花、紫茉莉这种小草花比起来，也相形见绌。但是紫薇的魅力，在于其柔曼风姿。可以说，紫薇风情万种，是一种极迷人的花儿。

紫薇树身光滑无皮。据说如果人们轻轻抚摸一下其干，花叶会颤动不已，如怕"痒"似的，故又名"痒痒树""怕痒花"。觉得这个怕痒花便和深山含笑一般，有一种娇俏生动的少女风味在其中。清代《广群芳谱》有这样评价："一枝数颖，一颖数花，每微风至，夭娇颤动，舞燕惊鸿，未足为喻。唐时省中多植此花，取其耐久，且烂漫可爱也。"的确，紫薇花最盛之时，触目处都是灿若云霞，明亮亮的光辉。花儿风中乱摇，似乎在咯咯轻笑，笑得花枝乱颤，相机都差点定不了焦了。

紫薇花期极长，从农历五月始开，一直开到深秋，花期达百日。故紫薇花又称"百日红"，有"盛夏绿遮眼，此花红满堂"的赞语。宋代诗人杨万里写诗赞道"似痴如醉丽还佳，露压风欺分外斜，谁道花无红百日，紫薇长放半年花。"

紫薇花初放时，还会发出淡淡芳香气。紫薇花色有红、淡红、白、紫四种，以淡红最多，其次为红色、白色和紫色，但以紫色为正色，故总称"紫薇"。这四种颜色，我是都见过了。药植园有安然静默如看书少女的白色紫薇，看着总觉得不大习惯，紫薇就应该是大红大紫、喜气热闹的呢，突然这么静气淡雅，不符合它的本性呀。

白居易写过一首诗："丝纶阁下文书静，钟鼓楼中刻漏长。独坐黄昏谁是伴？紫薇花对紫微郎。"紫薇花对紫薇郎很是有趣。《新唐书·百官志》上载："开元元年，改中书省曰紫微省，中书令曰紫微。"白居易时任中书侍郎，中书令为紫薇令，中书侍郎也就是紫薇郎。以花名为官名，是因为当时中书省署内广植紫薇树之故。韩渥也有"职在内庭宫阙下，厅前皆种紫薇花"之句。欧阳修罢官后，面对堂前的紫薇咏诗叹道："亭亭紫薇花，向我如有意"；"相看两寂寞，孤咏聊自慰。"王十朋求官无望，曾写下"盛夏绿遮眼，此花红满堂，自惭终日对，不是紫薇郎"的感叹之句。他们的心境，和白居易的可大不一样了。

紫薇性味微酸，寒，有清热解毒、凉血止血等功效。紫薇花、叶、根均可入药。

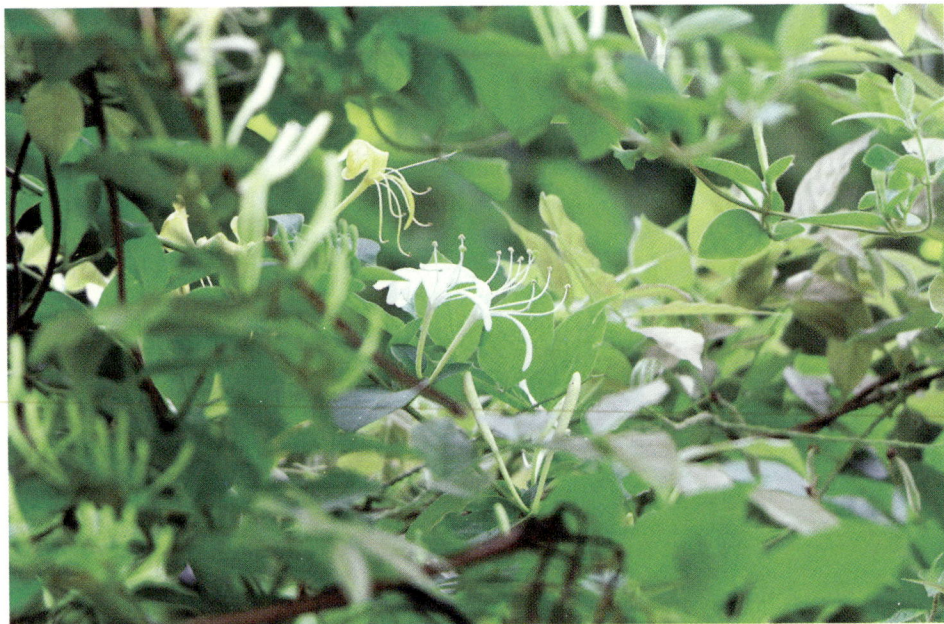

忍冬：忍过了冬天便是春天

忍冬其实就是金银花，其藤叶即使到了严寒的冬天也不凋零，第二年夏天又开花。

忍冬这个词，让人仿佛见到了萧瑟冬日里一株独自摇曳的小草，孤独但倔强，很当得起"清远深美，料峭独寒"这八个字。

我刚刚工作的时候，就计划买一个属于自己的小房子。因此，便和一对陌生的两姐妹合租了一个有年代的宿舍，我和她们各住一间。这样租金会比较便宜，可以省下钱买房。

那时我也看一些关于草木的书，看到"独活""忍冬""小草"这一类的名字，总是心有戚戚分。当时一个人在长沙，男友在深圳还没有回来，同学朋友很多都去了北上广等大城市工作，留在长沙的并不多。因此，有时候会觉得十分孤独。尤其在冬天的夜晚，窗外的风呜呜叫着，老槐树的枝叶在寒风中舞得凄凉。

我把屋里收拾妥当，然后烧开水，泡一杯牛奶，开始静静写作。写累了便站在窗前，双手握着玻璃杯，手掌心里感到让人心安的温暖。一边喝着牛奶，一边静静看书。我对自己说，忍过了冬天，等到春暖花开，就好了。

工资，加上稿费和版税，存款单上的数字渐渐由寒酸变得丰腴起来。后来过了几年，我终于买下了一座漂亮的精装小公寓，一室一厅，带着大的落地窗。落地窗向西，每天都可以看到圆圆的橙红色夕阳在青山一发后渐渐隐去，像个小巧的橘子果冻。有一个可以看到夕阳的小房子，是我的梦想啊。终于实现了。

再后来，先生从深圳回来，另外又买了婚房结婚。于是，有了更多的时间去药植园徜徉，终于见到了传说中的忍冬。

忍冬又叫作金银花，另有金银木，又叫金银忍冬，是忍冬属的，但是金银花是草本植物，金银木是木本植物，并不是同一种。学校药植园是有金银花的，在四五月间见过园圃里几株植物，开着细小的金黄色花朵，探出长长的几枚花蕊，凑上去闻，有清雅香气。辨其花叶样貌，就是忍冬。

五月里忍冬开得最热闹，紫藤长廊里攀爬得到处都是，此时紫藤花期已过，忍冬大大抢去紫藤风头。连火棘、南天竹上也爬着忍冬藤儿，伸出小巧的花朵。忍冬也属于一年开两次的花儿，七月初在药植园里又看到它开花了，只是不如第一次那样开得热闹了。

忍冬初开时，是纯白色，以后逐渐变成黄色。黄色就像金子，白色就像银子，同一枝丫，花色有白有黄，所以称为金银花。正如《本草从新》所说："一蒂两花，新旧相参，黄白相映，故呼金银花。"一蒂二花，两条花蕊探在外，成双成对，形影不离，状如雄雌相伴，又似鸳鸯对舞，因此又有鸳鸯草之称。

尤喜欢鸳鸯草这个名字，古书《益部方物略记》中曾有记载："鸳鸯草春夜晚生，其稚花在叶中两两相向，如飞鸟对翔。"稚花这个词真有意趣，初生的小花，满生稚气，在春天的一个夜晚悄无声息地生长开来，在绿叶中两两相对的小花，就像是翩然对翔的飞鸟。唐代女诗人薛涛也曾写有一首《鸳鸯草》的诗："绿英满香砌，两两鸳鸯小。但娱春日长，不管秋风早。"

《本草纲目》中指出："金银花主治寒热身肿，解毒，久服轻身、延年、益寿。"金银花的花朵入药，有清热解毒、生津止渴之功效。热毒疮痈、湿热痢疾、外感风热，温病发热等，都可望用金银花治愈。

忍冬的花儿是药食同源的花朵儿，还可以用来做菜煮汤，清香爽口。忍冬花也可以用来做凉茶或者花茶，作为平日里去火清热之用。如果内热比较严重，喝这个是最好不过的。但是因为忍冬花儿其性寒凉，并不适合体质虚寒的人饮用。

忍冬的果实很是漂亮，像迷你版的西红柿，但比西红柿更漂亮，晶莹剔透的。南天竹和火棘在秋冬季节也结小红果，但没有忍冬果这么漂亮。如果我还是个小女孩，一定会用忍冬果子来穿手链，或者穿项链，戴在手上，或者颈上。

有一种忍冬科的杈杷果，又叫作健身果，果实和忍冬果实一样鲜红透亮，但奇妙的是，它居然是心形的。杈杷果四月成熟，味极美，细腻如樱桃，又因其果核细小食用起来几乎感觉不到，因此又叫作无核樱桃。

杨梅：大自然的馈赠

　　六月的某天清早，在小区里散步。下了一夜雨，空气分外的清新，像是糅合了许多喜欢的气息在一起似的。

　　在草地里的鹅卵石小道上走着，鹅卵石小道也被雨水洗得干干净净，一颗一颗鹅卵石都很分明。本来就喜欢鹅卵石，不知不觉低下头，欣赏着各种各样的彩色小石子。

　　忽然，几点嫣红映入眼帘。定睛一看，是几颗红色的果子。原来，小区里的杨梅树结果了。鹅卵石小道上散落着的，是几颗嫣红的杨梅。

每年的六月是吃杨梅的季节。杨梅又名龙晴、朱红，因其形似水杨子、味道似梅子，因而取名杨梅。杨梅的滋味酸甜，带有一种清新之感，果然是"初疑一颗值千金"。草莓、樱桃也是的，和杨梅一样，都是看起来比吃起来更美的水果，也是一种视觉享受。每次买了杨梅，把深红色的杨梅盛在雪白的细瓷盘里，仔细端详半天，才小口吃下去。

这样的水果，真是美得叫人沉醉，难怪有"果中玛瑙"之誉。

汪曾祺在《昆明的雨》曾写道："雨季的果子，是杨梅。卖杨梅的都是苗族女孩子，戴一顶小花帽子，穿着扳尖的绣了满帮花的鞋，坐在人家阶石的一角，不时吆唤一声：'卖杨梅——'，声音娇娇的。她们的声音使得昆明雨季的空气更加柔和了。"清甜的杨梅果，因为卖杨梅的苗族女孩子清脆的吆唤声，而更增甜意。

杨梅树为杨梅科杨梅属，也是中国土生土长的树种，据了解7000多年前浙江余姚境内就有杨梅生长的痕迹，现在到处都可以看到杨梅树。小区里就有几株，学校药植园和中南大学新校区里也有。

2018年1月，长沙下雪。到药植园里看蜡梅，结果被杨梅树吸引住了。雪中，杨梅叶碧绿清新，在一片光秃秃的枝干中显得出类拔萃。

杨梅树树形很秀丽，和香樟树的感觉差不多。但杨梅的叶子深绿修长，还是很容易辨认出不同的。早春时，在杨梅树叶间，生着暗红色的长长的小棒子，是的，这就是它的花，葇荑花序的花儿。那小棒子就是花轴。

杨梅花的花轴肥大，颜色和杨梅果很相近，猛一见还以为是长条状的杨梅果。细细看那花轴，看不出花儿的样子来，仿佛很多细小的管子。这管子就是小小的单性花。花轴肥大而凹陷，小花便着生在凹陷的腔壁上，雄花分布在内壁上部，雌花分布在下部。小花几乎隐没不见，只留有一个小孔，这是为了方便蜂蝶进出腔内传播花粉。

和不起眼的杨梅花相比，杨梅果可谓是人们的宠儿了。《本草纲目》记载："杨梅可止渴、和五脏、能涤肠胃、除烦愦恶气。"

岳麓山也有杨梅树，还是百年杨梅树，特别大。果季之时，树下也是撒落了一地的杨梅。但是很少去山上拣野杨梅果。倒是有一次，去贵州山里，去拣了和杨梅果很相似的野红果。

　　那一年，和师妹们跟导师去贵州一座山里做文化考察。山路崎岖难走，颠簸了一路。忽然，车停了，原来导师看到了一片野果林，满地都是鲜红的小果子。于是，大家下了车，去拣果子。师妹还轻轻地摇了摇树，登时下起了红果雨。一地清甜美味的小红果！

　　拣起一枚果子放在手心，圆圆小小的，有点儿像杨梅，滋味也类似，酸酸甜甜。

　　禁不住想起了梭罗的《野果》一书，这本书并不像《瓦尔登湖》那样广为人知，但是却更有趣味。这本书里，梭罗花了近十年时间，认真观察，细致记录了北美多种野果的分布状况、开花结果的具体时间及其生命形态。他沉迷于大自然，在《野果》的《欧洲酸蔓橘》一章里，他满怀虔诚地写道："于我，大自然就像位圣女。"

　　这些野果，就是大自然给人类的馈赠啊。对每一个人来说，能在大自然怀抱之中，尽情感受大自然之美，肆意接纳大自然的馈赠，是极其美妙的。

雏菊：清新的小女孩

　　学校快要放假了。树下，不知道从哪里冒出来一丛小雏菊，自顾自美丽。期待放假的心情，被这雏菊点染得分外清丽。

　　第二办公楼旁边的草地上，还有一大片雏菊花，飘飘洒洒的，真是可爱。那一天，偶然遇见，禁不住轻叹一声，放慢了脚步。身边的同事也被惊艳到了，眼睛亮闪闪的。

　　雏菊总叫人想起青春，想起少女，想起初恋，想起干净而又唯美的一切。而它偏生是常见的小野花，随处可见，亲切可喜。雏菊的花语之一是"永远的快乐"。西方传说森林中活泼快乐的精灵贝尔蒂丝就是化身为雏菊。

雏菊的另一种花语则是"隐瞒在心底的爱"。看过一部名为《雏菊》的电影。里面说的是一位 25 岁女画家的爱情，电影拍得干净而又唯美。雏菊安静而又倔强的感觉，很像是穿着简净麻布衣衫的少女，眼眸清亮，肌肤如雪。不笑的时候有种清纯的忧郁，而笑起来就叫人忘记忧愁。每次画画，都想把雏菊拟人成一个穿着棉麻长裙的少女，笑微微的。可惜画技有限，勾勒不出雏菊的神韵。

雏菊花朵娇小玲珑，有白、淡红、深红、朱红等色。雏菊原产欧洲，从早春二月一直开到五月。大多数菊科植物都是秋季开花，而雏菊是春季，因此雏菊又叫作春菊。张爱玲在《花开的声音》中对雏菊情有独钟："只有乡间那种小雏菊，开得不事张扬，谢得也含蓄无声。它的凋谢不是风暴，说来就来，它只是依然安静温暖地依偎在花托上，一点点地消瘦，一点点地憔悴，然后不露痕迹地在冬的萧瑟里，和整个季节一起老去。"

雏菊还有个好听的名字叫作玛格丽特，它象征着的便是少女。它的中文名叫雏菊，是因为它和菊花相像，但菊花花瓣纤长卷曲，雏菊花瓣则短小笔直，就像是未成形的菊花，所以叫作雏菊。和雏菊长得极像的菊科植物还有马兰、翅果菊之类，都是常见的小草花，但花期都比雏菊长，翅果菊的花果期是从四月一直到十一月。还有一年蓬，长得就像袖珍的雏菊，比雏菊更多见，深具雏菊那种天真的神态。

文艺小清新的范，总是离不了雏菊。在景德镇旅行的时候，买了几个式样古朴的陶器。有天忽然一时兴起，摘了一小捧雏菊。一路上，招来路人的回眸。回家后，把雏菊轻轻放进陶器里，一瞬间，整个房间里的氛围立马就变得不一样了，立刻文艺范儿十足。

有一日，在房中看书，书里忽然飘落几星鹅黄，低头一看，书里平平整整地夹着小雏菊，像是绘在书页上一样。

是什么时候把这朵含满春日精华的小雏菊悄悄地，平平地绘于书页之上？

忽然想生一个雏菊般清新的小女儿，等她长成亭亭玉立的少女后，让她捧着一捧雏菊，站在春天的原野上，给她拍很多很多美好的照片。

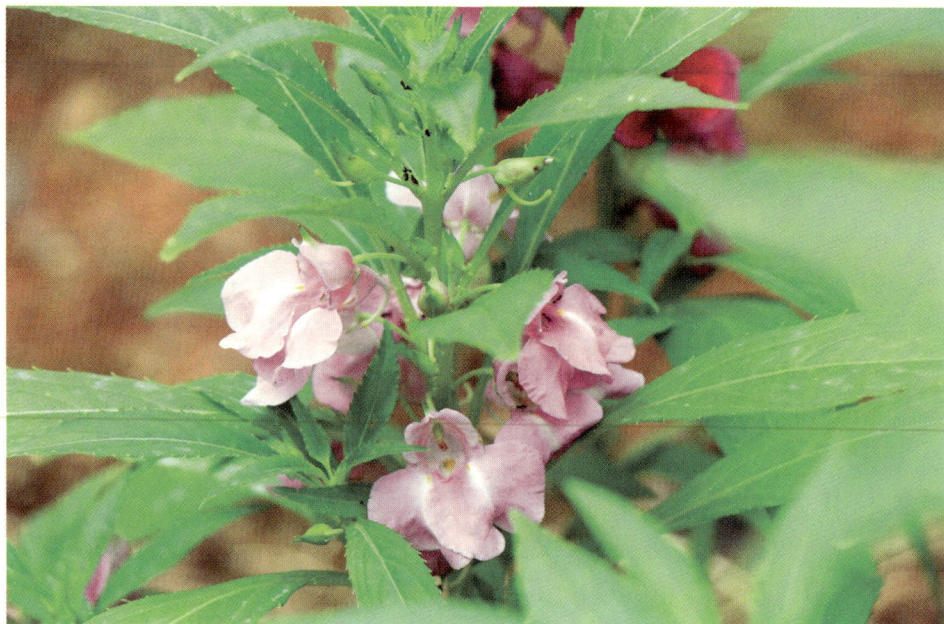

凤仙花：好女儿花

　　学校药植园的深处，种着十几棵凤仙花，米校第一次见到时，还忘情地看了好久，仿佛是遇到了多年未见的童年小伙伴。真的是凤仙花儿么？粉紫轻红，如霞光淡抹。

　　凤仙花又叫作好女儿花，指甲花、小桃红、别碰我等。名字便是各种娇憨了。夏季至秋季开放的花。花型很美，像一只翩然的蝴蝶，也像一只凤凰状的鸟儿，因此，它又叫作凤仙透骨草、金凤花。

凤仙花的颜色十分娇艳，花色有粉红、大红、紫、白黄、洒金等。桃红色的，和夹竹桃颜色很像，像是女孩子穿的水红衫子。大概因为如此，就有了小桃红这个名字。

　　大红色的凤仙花还可染指甲。把花朵儿摘下，弄碎，包在指甲上，不一会儿便染得泛红了，颜色嫣然好看。这是小女孩的时候爱做的游戏，且乐此不疲。在阳光下，小女孩子们伸出一双染过凤仙花花瓣的手，有一种长成亭亭玉立的大姑娘的骄傲感觉。

　　后来知道，染过颜色的指甲还有个分外娇美的名字，叫作蔻丹。书上说古代女子染甲的方式，便是用凤仙花的花瓣捣成糊状，加上明矾搅拌过后，抹在指甲上，然后用布包裹三天，就能把指甲染成红色，并且可以长久保持。元代陆琇卿《醉花阴》写的就是这个凤仙花染甲的过程："曲阑凤子花开后，捣入金盆瘦。银甲暂教除，染上春纤，一夜深红透。绛点轻襦笼翠袖，数颗相思豆。晓起试新妆，画到眉弯，红雨春心逗。"

　　古人对女子的蔻丹赞赏有加，曾有"弹筝乱落桃花瓣"之句，那染得通红的指甲在古筝上上下下翻动，便仿佛点点桃花瓣在轻坠。《红楼梦》中曾提到过一句："忽见史湘云、平儿、香菱等在山石边掐凤仙花。"可见红楼女儿们也是常用凤仙花染甲的。

　　我后来读大学，离开家乡小城，来到长沙。长沙有很多美甲的场所，但是我从来也没做过美甲。美甲的行为，只在小女孩的时候做过。那时，放学路上，几个小女孩儿，在夕阳里睁着一双明净而兴奋的眸子，于凤仙花畔，伸出一双双指甲染得淡红的小手，黄昏的光线把小女孩们的手指照得几乎透明一般。

　　那时候的小女孩们，都觉得自己好漂亮啊。不过，长大以后就没有当时盲目而可爱的自信满满了。

　　凤仙花结纺锤形的蒴果，没有成熟的时候是青碧色的，还有一层绒绒的毛。成熟时外壳自行爆裂，将种子弹出，自播繁殖。凤仙花的种子是一个个的黑色的桃形小球，名字叫作"急性子"。也因为这个原因，凤仙花又被叫作

"别碰我"了。那种生命的爆发力，真是很难跟平素温柔的女儿花联系起来。

我小学时候痴迷金庸武侠，五年级时有写过一本幼稚的武侠小说《两朵奇花》，现在看来，其实更像是玄幻小说。两个从花儿中诞生的女孩儿，穿越到了古代，开始了她们的"天地逍遥任我游"。

那本书开了无数脑洞。比如说，当时读《倚天屠龙记》，张无忌在山洞里埋下《九阳真经》，此典籍就没了下文，很怨念，于是就写其中一个女孩子因缘际会，掘得《九阳真经》，竟习得一身高明武功……现在想想，这小说真是又傻又雷，但当时自己写得十分开心，还没写完就在全班传看，大家都看得津津有味。

2015 年，我出版了一本《光阴小镇》，写的是故乡人情和小城故事。有小学同学读到这本书后，找到了我，把我拉到小学班级的微信群里，大家聊得十分活跃，还有同学问起了我的那本《两朵奇花》。哎，我都快忘了，然而同学们没有忘。但后来再也没有写过那么想象力天马行空的长篇小说了。

月季：小家碧玉

月季花花期长达 200 天，每年从初夏开始开花，一直可延续到深秋甚至初冬。因此月季又被称为花中皇后，又称"月月红"。

月季的英文名翻译过来是中国玫瑰。这是因为中国是月季的原产地之一。恩雅曾经唱过一首《中国玫瑰》，唱的就是月季，歌词雅美缥缈："谁能告诉我若有天堂，谁知道它是什么样？月映冬青，如诗慧光，天使珠泪，树下流淌。你把破晓挂在嘴上，当你看到新的极光，祥云绯红，开启天堂，爱意铭刻在桃心木上……"但月季，实际上是一种很接地气的植物。

月季的花儿颜色极娇艳，如俏丽的盛装少女，眼眸特别亮的那种，一出现就艳光四射，令人惊艳。在岳麓山下的一处农场，见过碗口大小的水红色月季，开始我还以为是茶花，走进了看知道是月季了。它的花瓣并不是光滑的，而是有着细细浅浅的脉络。

在气质上，月季和茶花是大不一样的。月季是热烈明媚的，而茶花则是内敛温和的。但月季跟蔷薇一比，则又是端庄矜持的，蔷薇则是野性奔放的。

月季的英文名意思是"中国玫瑰"，而在古代，月季和玫瑰、蔷薇一样，也是极得古人之心的。南宋吴自牧《梦粱录》记载："春光将暮，百花尽开，如牡丹、芍药、棣棠、木香、酴醾、蔷薇、金纱、玉绣球、小牡丹、海棠、锦李、徘徊、月季、粉团、杜鹃、宝相、千叶桃、绯桃、香梅、紫笑、长春、紫荆、金雀儿、笑靥、香兰、水仙、映山红等花，种种奇绝。卖花者以马头竹篮盛之，歌叫于市，买者纷然。"在宋代芳馥纷丽的鲜花市场上，月季也是不会被忘却的堂上客。

月季在我心中和母校的老电影院紧密相连。怎能忘记老电影院？三元便能看两场电影。那时吃过晚饭，洗过头发，头发湿漉漉地披在肩上，便从宿舍出来，穿过荷花池，走过紫藤长廊，越过竹林，来到老电影院看电影。大学的夜色很美。月季在橙色的路灯中摇曳，心中涨满了期待。

以前第二教学楼和图书馆都是老红墙，爬满了爬山虎。风一吹来，碧波荡漾，与荷花池、月季花相映成趣。后来学校把第二教学楼和图书馆重新修葺，爬山虎都不见了，但月季还在。

后来去北京旅游，有去清华大学，清灰色的老楼旁，一株深红色的月季，好像是蛋糕上的奶油花，分外甜美。后来回到长沙，觉得在清华转了那么多地方，印象最深的居然是青灰色建筑下的一朵嫣然月季，像是理工男无意中的一抹温柔，叫人心动。

如今，在我工作的办公楼前的小道，高大树木下，种着一排娇艳的月季花，深红色的碗状小花，不过酒杯杯口大小，颇为艳丽可喜。深秋清冷的空气里，仍然点亮人的视线。上班时见到，心情都变得缤纷了。

夏秋季在药植园里，可以看到药植园的香水月季，秋阳下散发着清雅香气。淡粉色着实好看，如文秀女子温柔内敛，微带羞涩的模样。花的颜色很像木瓜海棠。就是木瓜海棠花期在春天，香水月季花期在夏秋。

我若是古代女子，见这娇艳小花，也要忍不住伸手轻摘一朵，放在乌黑的发髻上，让它点缀并照耀着。

月季和玫瑰，蔷薇都属于蔷薇科，但气质大不一样，玫瑰是大家闺秀，蔷薇是山野丫头，月季则是小家碧玉，乖乖儿的模样。因此，家养和园林的蔷薇科花儿，以月季居多。

蔷薇：满架蔷薇一院香

　　蔷薇这个名字美极了，原来的名字叫作墙蘼。明代李时珍在《本草纲目》中说，此草蔓柔靡，依墙攀缘而生，故名叫墙蘼。

　　蔷薇种类繁多，我也认不大全。如今见得多的蔷薇，名字也很好听，叫作七姐妹。这种蔷薇的同一枝茎上通常开六七朵重瓣花，颜色从粉红、红色到紫红色，各不相同，因此得名。蔷薇的枝条呈蔓性，常常用高架引之成一座蔷薇架。"水晶帘动微风起，满架蔷薇一院香"，蔷薇只要一开花就是花团锦簇，从不扭扭捏捏，几乎成了一面花墙，蓬蓬勃勃的美丽张扬着，而且还散发出甜蜜的香气。真是勾人魂魄的美。

四月下旬的一天早上又去了药植园，蔷薇已进入盛花期，满地锦缎一般，光华耀眼。深红色的月季花，有着玫瑰的高贵，却又不像玫瑰那般冷艳。而蔷薇花，品种好像就是七姐妹，美得实在不成话。

前段时间来看，已经觉得蔷薇花够美了，淡粉色的花瓣，金黄花蕊，而当时开的花并不甚多，更多的还在含苞。这天去看，全部都开了，这蔷薇花还会变色的。初开的小蔷薇是淡紫色，颜色渐渐转为水粉，然后再转为雪白，因此，同一植株上，会有几种不同颜色的花儿。

而这些花儿，和泡桐花有点类似，就是丰盈而不热闹，枝头的花儿都开满了，但每朵花都端正地露了个脸，并没有谁把谁挤到后面去的，整体看花团锦簇，单个看秀美绝伦。植物中的大美人啊。低下头慢慢走着，碎石小径两旁都是盛开的蔷薇，蔷薇小径，就跟玫瑰小镇似的，多么美的名字。

香水月季和七姐妹蔷薇在木栅栏那里开着，七姐妹蔷薇花更是攀缘成了一面花墙，从枸骨和金樱子上倾泻而下，真是太美貌了。

亦舒写过一本《玫瑰的故事》，写的是一个魅惑众生的美人玫瑰，而玫瑰多多少少带有一点含蓄内敛的闺秀气质。若是有作家写一本《蔷薇的故事》，说不定写的就是一个卡门一般热烈奔放的美人蔷薇。

是的，蔷薇的美，更类似于卡门。它有野性，亦有浑然天成的风情。根据元代《贾氏说林》记载：汉武帝与宠妃丽娟在园中赏花，时蔷薇始开，态若含笑。汉武帝叹曰："此花绝胜佳人笑也。"丽娟戏问："笑可买乎？"武帝说："可。""买笑花"从此便成了蔷薇的别称。

蔷薇之美，确实如同含笑女子，女子嫣然一笑，其美可值千金。而蔷薇的风情，也是如含笑女子一般令人心醉的。蔷薇花喜生于路旁、田边或丘陵地的灌木丛中，花开时绚烂满枝。南朝梁柳恽在《咏蔷薇》中写道："不摇香已乱，无风花自飞。"蔷薇花瓣轻盈，无风自舞，这般花飞满天、香飘于衣的缤纷明丽之景，实在让人心中微醺。

微雨或含露的蔷薇花鲜妍润泽，红晕湿透，柔弱而又清丽，更觉娇美。蔷薇雨后的风情，被宋代文人秦观捕捉到了，他写下了《春日》诗，其二为："一夕轻雷落万丝，霁光浮瓦碧参差。有情芍药含春泪，无力蔷薇卧晓枝。"雨后庭院，霁光浮动，碧瓦晶莹，芍药带雨，如同含泪美人，脉脉含情，蔷薇静卧枝蔓，柔弱无力，娇艳妩媚，令人顿生怜香惜玉之感。这首诗因格外细密精美、清丽婉转，被戏称为"女郎诗"。

明代文人张大复也极喜爱的《梅花草堂笔谈》，就写了两篇《蔷薇》，其中一篇《蔷薇》写道："三日前将入郡，架上有蔷薇数枝，嫣然欲笑，心甚怜之，比归，则萎红寂寞问雨，随风说矣，胜地名园满幕如锦，故不如空庭袅娜若儿女骄痴婉恋，未负有自我之情也。"又有《读酒经》写道："数朵蔷薇，袅袅欲笑，遇雨便止。几上移蕙一本，香气浓远，举酒五酌，颓然竟醉。命儿子快读《酒经》一过。"

英国诗人萨松曾写过一句"心有猛虎，细嗅蔷薇"，每个人的内心深处都有一只猛虎，但猛虎也会有收敛野性细嗅蔷薇的时候。人胸中可以有豪情满怀，也可以有低徊细腻柔情。叱咤风云，心灵深处仍是风光霁月。

蔷薇的根枝叶花均可入药，可清热利湿、活血解毒，还能润泽肌肤。《红楼梦》第五十九回中有记："一日清晓，宝钗春困已醒。于是唤起湘云等人来，一面梳洗，湘云因说两腮作痒，恐又犯了杏斑癣，因问宝钗要些蔷薇硝来。"蔷薇硝可能是由蔷薇露和银硝合成的，治疗春日过敏引起的杏斑癣，正是对症，且细腻柔嫩，芬芳不尽。

春天里野蔷薇刚刚从泥土里生发出来的嫩茎也是可以吃的。但我没有吃过，看谈正衡《故乡花事》中说他童年的时候，爱吃野蔷薇的嫩茎，"剥去鲜嫩的刺皮，翡翠样秆儿嚼在嘴里，丝丝清凉的甜……"

栀子花：让风吹动香魂

　　如今所住的小区楼下也种有栀子花，只是小朵的重瓣栀子花。在大太阳下，栀子仿佛在闪闪发光。

　　它的名字也有趣，就叫作小叶栀子，花儿如同蓬松雪花一般。药植园里有六月雪，细小雪白，长得跟栀子很像，便如迷你版的小栀子。还有海桐花儿，气质和栀子也很像。

　　这么多小叶栀子，真是香得通体舒服啊。香得只想闭上眼睛，在这甜香中好好睡一大觉，让梦也浸满香气。人生圆满无憾。

栀子花的花苞是碧青色的。亦舒小说里形容美人，说像是"碧青的栀子花"。看着便有"含熏待清风"的感觉。那小小的碧青色花朵，一旦绽开，是怎样馥郁浓烈的香气啊。摘下几朵碧青的小栀子花苞，放在盛满清水的碗里，一夜过去，早上只觉甜香满室——原来，栀子花开了。

赞叹着，用手小心翼翼地掬起栀子花，像掬起一个晶莹的香魂。

家乡小城里的栀子花，则是大朵的，重瓣的，刚开起来时像是新荷初绽，瓣瓣舒展开来，香气比小叶栀子更加浓郁。后来在书上得知，这应该是大叶栀子，又叫作荷花栀子，或者叫牡丹栀子，开起来层层叠叠的花瓣，就像是素色的荷花或者牡丹，只是荷花、牡丹哪有栀子这么香呢？

大叶栀子花开的时候，几乎不可能舍得从花前离开。花事最盛时，一日能绽放三四百朵。栀子花仿佛想怎么开就怎么开，想怎么香就怎么香，不受任何拘束。小城纵容它的任性，也喜欢它的任性。栀子花开的时候，整个小城都浸透在了甜香之中。有月亮的晚上，小城被这月光般的栀子香气浸润得通透清灵，整个小城仿佛一朵静默舒展的栀子花。

下了雨之后，栀子花的香气更是铺天盖地，糅杂着湿湿的泥土气息，真要把人闻醉了。每个栀子花开的季节，心中都是满盈盈的快乐啊。像是藏了无数甜蜜的秘密一般。在花香中缓缓走着，忍不住微笑起来。心中纵有烦忧，也一扫而光。怪不得有人把栀子花归为初恋的花儿，怦然心动后，便是无限欢喜，如同一脸最温柔的笑容。没有纠结，没有忧愁，只是欢欢喜喜地芬芳着。

在小城里的岁月，从出生到十八岁，我一直都是清爽短发。要不然，倒是真的很想把栀子花插在头上。走到哪里，就香到哪里。

在栀子花的甜香里，谈一场恋爱，真是最好不过。不过还真是花季无故事，中学竟没有遇到令我心动的男生。懵懂的心动发生在大一，十七八岁的时候。那时的恋情，跟小城栀子花无关，跟漫山枫叶有关。

现在工作的学校药植园也种有栀子，有难得一见的单瓣山栀子，这是原生的栀子花。初夏见到，很是惊喜，只见那山栀子花如雪花六出，甜香馥郁。玉质自然无暑意，更宜移就月中看。后来办公室里有老师在玻璃杯里插了几朵栀子花，满室馥香，只觉心中平安喜乐，仿佛刚于月下的青石小径缓缓归来。

结果八月初在药植园里，看到山栀子又开花了。原来山栀子也是一年开两次花儿，但是第二次开花便不如第一次看花那样丰茂。又去看重瓣的荷花栀子和牡丹栀子，并没有开，只是绿叶葱茏。

秋天里栀子的果实成熟了，是橙黄色的，栀子果和花叶都可以入药，可清热，泻火，凉血，能用于治疗热病心烦、肝火目赤等。《本草纲目》载："其实染物则赭色。"栀子果还可以用来染色，把果子浸入清水之中，能把水染成鲜黄之色。可以试着用栀子果来染白手帕，染好后的黄手帕颜色柔和耐看，还有着淡淡的栀子香气。

栀子花有别名众多：木丹、鲜支、卮子、越桃、水横枝、支子花、山栀花、黄栀子、黄栀、山黄栀、玉荷花、白蝉花、禅客花、碗栀等，栀子花原产中国，也是浸透古典诗意的花儿。《汉书》有"汉有栀茜园"，《晋书》有"晋有华林园种栀子，今诸宫有秋栀子，守护者置吏一人"。

栀子花在英语里叫 gardenia，意思为花园之花。的确是可以种在花园里，让风吹动香魂的花儿呀。

石榴：榴花开欲燃

石榴花的美，全在于艳。早春的花儿，清新秀逸，而初夏的花儿，则热烈馥郁。

夏天开的花儿，个性大都很强烈。石榴花尤其如此，颜色灼灼，艳得要燃烧起来。栀子虽然开的是淡雅的白色花朵，却又香得特别馥郁。汪曾祺称栀子为"碰鼻子香"。栀子香浓，榴花耀眼。

石榴花和荷花也是同时开放的，二者还一起出现在古人的诗词里，例如苏轼就写过："微雨过，小荷翻，榴花开欲燃"。但是石榴花和荷花个性大不一样。

荷花是亭亭净植，香远益清，是冷艳的气质美人，而石榴花则是艳丽到了极点，火热到了极点。

石榴花和其他花儿比起来，显得并不十分美丽，但是却开得热情奔放。石榴花的红，非常艳丽。石榴的花苞是深红色的，未开花的时候像是一个个小果实。我曾触摸过半开的石榴花，包裹着花瓣的花萼光滑而有硬度，比莲子外皮还硬。而开放的石榴花，则是燃烧起来的那种火红色，花瓣柔软如绸缎，比纸还薄，却并不光滑，密密挤在一起，只见花瓣不见花蕊，红艳艳的一片。怪不得有诗说"榴花照眼明"。像是要把所有的热情燃尽。郭沫若夸它是"夏天的心脏"，觉得极当。幸田露半的散文说："人心倦怠的时节，石榴花对着天空，于闪闪绿叶之中，吐露着红红的火焰，灼灼耀眼。虽说它没有引人注意的芳姿，也没有使人吃惊的颜色，但它有射人眼目的强烈的光芒。"

石榴的叶子细长，有说它"细如柳叶"的，但实际上比柳叶要稍粗一点。细叶红花，很有韵致。

五月初夏，春花落尽后，石榴便登场。但立秋过后，还可以偶尔看见几朵明艳的石榴花。我所居住的小区也有。九月的一个下午到岳麓山下漫步。岳麓山北处，见到一棵石榴树上已经结满了石榴，小石榴和婴儿拳头差不多大小，很是可爱，颜色和石榴花一样，明艳夺目。石榴的花和果，看起来都是热烈如火的，而石榴籽却又是那样晶莹剔透，有着柔润甜美的口感。石榴热烈的外表下，是一颗温静的心。

忽然想起牛峤的《菩萨蛮》来："玉炉冰簟鸳鸯锦，粉融香汗流山枕。帘外辘轳声，敛眉含笑惊。柳阴轻漠漠，低鬓蝉钗落。须作一生拼，尽君今日欢。""须作一生拼，尽君今日欢。"真是大胆而狂热的表白啊，便如这灼灼石榴之心。

石榴我也是爱吃的。一个石榴果，丰厚的果皮，里面则是那么多晶光水滑的石榴籽。每次吃石榴籽，都是把那水红色的晶莹籽粒小心地拨拉到玻璃碗里，然后用小勺一小勺一小勺舀起来吃。很矫情也很惬意。《本草纲目》还记载有一种白籽石榴，其籽莹澈如水晶，味亦甘美，又称之为水晶石榴。可惜没吃过这种水晶石榴呢。

石榴药食同源，中医认为石榴有"四止"之功，即止渴、止泻、止血、止带。秋燥之时饮用石榴汁，可生津止渴。石榴还可以减轻贫血症状，预防偏头痛。酸石榴入药效果更佳。

学校药植园里，还有白色的石榴花，第一次见到时，很感新奇。原来石榴花不全是红的呀。白石榴花形状气味和红石榴花一模一样，只是颜色是白色。可是那白色并不是很好看，还带了一点萎靡，容色之美远远逊色于红色石榴花。

白石榴花比较稀有，尤其是重瓣的白石榴花。重瓣白石榴花的花瓣可为药用，干燥以后花瓣为黄色或者棕黄色，可止血，也可治久泻不止。

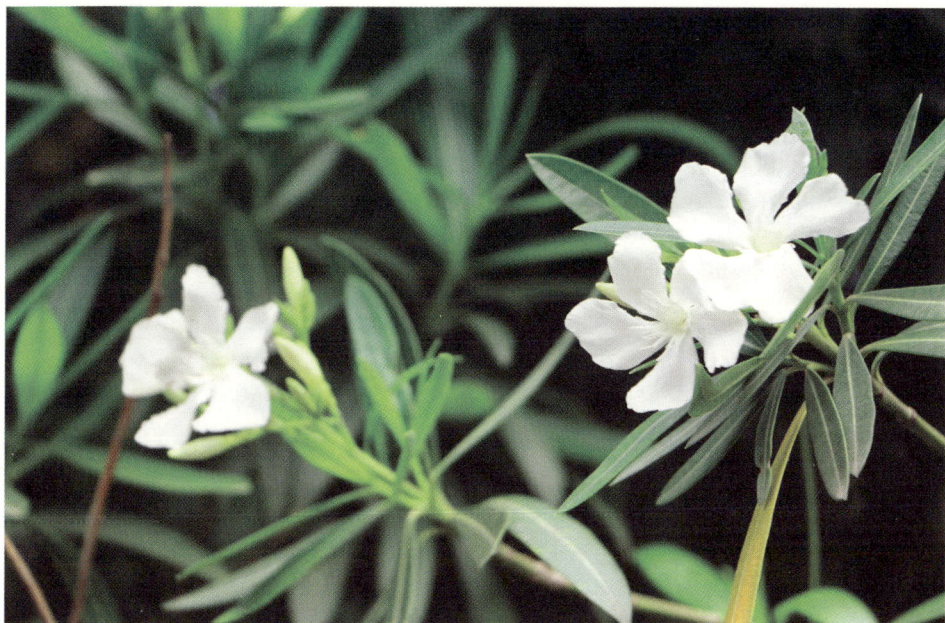

夹竹桃：骄阳似我

　　夏日，在中医药大学宿舍楼下看到夹竹桃，花满枝头，粉色花瓣，十分娇艳灵俏，像是小女孩穿的水红衫子。花型有点儿像桃花，但和桃花相比，夹竹桃更多几分灵动，而颜色也更娇媚，很有婉转的风情了。

　　烈日当空，夹竹桃却开得明艳嫣然。这盛夏的花儿，总隐隐然有一种"骄阳似我"的傲气。

　　夹竹桃的叶子狭而长，很像竹叶，因此叫作夹竹桃。在中医药大学这里，夹竹桃附近就是一丛竹子，夹竹桃枝叶的磊落疏朗之姿的确也像竹子。但这狭长叶子比竹叶又多了些柔软，又如同柳叶，不过叶片比柳叶可是大了一倍有余，因而也称为柳叶桃。

夹竹桃不仅仅是花有毒，叶和茎都有剧毒，可谓是从头毒到尾，人若误食严重时甚至会致死。夹竹桃有毒，却又那么美，蛊惑的魅力，令人移不开目光。她的美与同样有毒的罂粟不同，它是看似天真无辜的，柔弱得惹人怜爱的，不似罂粟魅惑横生。因此，它还是获得了很多人的喜爱。

汪曾祺曾在文中写道："那时我认识的花极少，只记得黄昏时，夹竹桃特别红，我忽然又害怕起来，急急走回去。"我懂汪老文中的意思。记得是胡兰成说的吧，太美的东西，总是叫人稍稍不安的。夹竹桃也是如此。

长沙这边很多校园里、小区里、庭院里都能见到夹竹桃。有一次坐公车，路过长沙理工大学，校园外一排粉红色花儿一闪而过，只觉惊艳。我还没看清是木槿还是夹竹桃，后来觉得是夹竹桃，因为夹竹桃有吸附有毒废气的能力，因此也被用于栽种在道路两边作为篱障，木槿是小灌木，也长不成一面花团锦簇的花墙。

曾经去过浙江大学和江南大学，这些江南水乡的学校也是酷爱夹竹桃，几乎都形成了一面面花墙，江南大学夹竹桃尤其多，除了红色夹竹桃，还有清新脱俗的白色夹竹桃，红白相间，鲜亮好看。白色夹竹桃很是清雅秀丽，如盈盈步出的深闺少女，眉宇间微带一丝幽怨，与红色夹竹桃的娇俏可人、无忧无虑的感觉大不一样。但在中南大学和湖南中医药大学这里，基本上都是红色夹竹桃。似乎长沙这边的高校，都是红色夹竹桃居多。除了粉红、白色，还有种黄色的夹竹桃花，花冠漏斗形，形似酒杯，也叫酒杯花。全株含毒，它的果实也是美丽而有毒。

张爱玲的《红玫瑰与白玫瑰》里也有写到夹竹桃："他家是小小的洋式石库门巷堂房子，可是临街，一长排都是一样，浅灰水门汀的墙，棺材板一般的滑泽的长方块，墙头露出夹竹桃，正开着花。"一片灰冷阴暗之中，忽然出现了一抹亮色，这就是开花的夹竹桃。张爱玲似乎很喜欢夹竹桃，在《十八春》中也有写过："就在那阴沟旁边，却高高下下放着几盆花，也有夹竹桃，也有常青的盆栽。"这明艳照人的夹竹桃，依旧是冷色小说中的一抹亮光。

后来知道鸡蛋花，也就是印度素馨花，也居然是夹竹桃科。但鸡蛋花是无毒的，而且端雅淑静。鸡蛋花也是美得出奇，去巴厘岛旅行时，经常看到穿着艳丽长裙的少女把鸡蛋花一朵一朵插在自己漆黑明亮的头发里，这很有热带风情。

那清雅无害的花朵，原来和夹竹桃是近亲。

荷花：一泓碧水，满池风荷

　　和荷花很亲近，故乡小城、母校池塘、小区附近，都有亭亭荷花。尤其是母校南校区荷花池。一泓碧水，满池荷香，连凋落的荷瓣都明洁如美玉。初到大学，正是这满池风荷惊艳了人的眼。从此与中南大学结缘，一生念念不忘。

　　荷花特别适合工笔画。当时在母校南校区，夏天的时候，时常看见艺术学院的学生在荷花池对着荷花细细描画，画成之后，荷花上的脉络也清晰可见。那时我还是个梳着双小辫，背着紫色书包的大一学生，好奇地待在旁边，安安静静地看着他们一笔一笔细细描画着荷花，心中也跟着明洁晶莹。

荷花池的水盈盈一碧，有池边悬铃木的落叶飘落其上，便如绘在上面的一样。还有很多漂亮的红鱼在里面游弋。荷花池旁边常常便是学生在那里看书。记得那时，冬季温暖的阳光，安静的校园，盈盈的水面，一书在握，凝神细读，看上去便是一幅画儿。

湖里种满了荷花。夏季，满湖皆碧，令人透心清凉，神清气爽。行走于湖际，只觉唇齿含香。莲叶如水波一般闪耀着碧青的光泽，如女孩的裙摆一样飘摇。

中学课本里学过朱自清先生的《荷塘月色》，说亭亭出水的白荷如同一粒粒的明珠，又如碧天里的星星，又如刚出浴的美人。他一个人在这苍茫的月下，受用这无边的荷香月色。后来我真的到了清华大学去，看到了朱先生笔下的荷塘，当时已经是九月，没有了荷花，只有满池碧色荷叶随风荡漾出波浪状。比中南大学南校区的荷花池可大得多了。

后来工作之后，有一天回母校，中午在南校区湖心亭看书，冬阳温暖，软风轻柔，风景旧曾谙。湖水上荷叶田田，水面飘着悬铃木的斑斓落叶，湖旁的紫藤长廊里传来鸟儿的清脆啼啾。一切和大学时代一模一样，仿佛我从未离开过。

荷花将开未开之时，最是那一低头的温柔，恍若真有不胜凉风的娇羞。母校荷花池中荷花主要是白荷和红荷，各有其美。宋代曹勋曾作《二色莲》："素肌鉴玉，烟脸晕红深浅。"写的则是白荷淡雅，如同美人素面朝天，冰肌玉骨；绛红色荷花则是如同薄薄施了一层淡淡的酒晕妆，更增娇艳。

荷花如此美貌，古人便遐想若有荷花精灵，更不知如何美法。宋代孙光宪《北梦琐言》便记载了一个书生和荷花精灵相恋的故事："唐中和中，有士人苏昌远居苏台属邑，有小庄去官道十里。吴中水乡，率多荷芰。一日忽见一女郎，素衣红脸，容质绝丽，阅其明悟若神仙中人，自是与之相狎，以庄为幽会之所。苏生惑之既甚，尝以玉环赠之，结系殷勤。"有一天书生见到槛前白荷盛开，花房中有一枚莹润玉环，定睛一看，正是自己送给女郎的那枚。从此，荷花别名又叫作"玉环"。

荷花在诗词中被吟咏得太多，几乎是一种具有神性的植物了。唐代孟浩然诗云："荷风送香气，竹露滴清响。"淡雅清灵到了极点。宋代周敦颐的《爱莲说》更把荷花拔高为花中君子，香远益清，亭亭净植，可远观而不可亵玩。而在我心中，荷花永远是邻居姑娘一样亲切的花儿，笑吟吟地立在水中。我已经长大了，而她永远不会老。

岳麓八景之一也跟荷花相关，是为"风荷晚香"。爬岳麓山时，在行进途中看见一个水塘，中间一个凉亭，名为吹香亭，这就是风荷晚香的所在地了。不过荷花看多了，这里并没有什么特别。

睡莲：花中睡美人

　　睡莲花型与荷花相似，只是更"苗条"，仿佛荷花是丰腴大气的唐代美人，而睡莲是纤瘦精致的宋代美人。

　　还有不同的，是荷花的叶子和花都亭亭挺出水面，而睡莲的叶子和花则浮在水面上。尤其睡莲的圆圆叶片，像是绘在水面上一样。

　　睡莲花的花季是在五到八月，正值盛夏。大多近午时开放，傍晚闭合。正因为昼舒夜卷，睡莲被称为"花中睡美人"，她是习惯睡美容觉的，大约是因为睡足了，开放时颜色特别娇艳鲜嫩。花瓣是呈星形排列的，一层又一层，似是一个小宇宙。

我们小区睡莲池里的睡莲则大多是鹅黄色的，不知道是睡莲里面的哪个品种。后来查资料，觉得它像是"海尔芙拉"：花午后开放，晚上闭合，浮水。花杯状而后星形，中黄色，淡香。

这鹅黄色睡莲睡得很早，每次傍晚散步过去的时候，只看见花苞了——花朵儿已经闭合了。早上它又起得晚，八点时花苞只开了一点，举着几个花骨朵，睡眼惺忪、云发蓬松的样儿。那娇憨柔嫩的花朵浮在水面上，将醒未醒的样子，极是惹人怜爱，如同睡美人的脸。怪不得叫作睡莲呢。这睡美人的风情，真是迷人。

只有中午能看到那睡莲全盛的花朵，袅袅舒展开来的花瓣，明珠一般，分外新妍清美。真是佩服它，一点都不怕热。不过这时太阳太烈，没什么人会来欣赏。但睡莲不管这样，独个儿开得精神抖擞。它开花本来就是为了自己开心，才不管别人呢。

睡莲有一种静气，和荷花、水仙的静气又不一样。荷花是凌然的，水仙是脱俗的。睡莲则是淡然的。好像外界发生了什么，都与它无关。最初读到聂鲁达的《我喜欢你是寂静》时，真是一时迷醉。"你的沉默明亮如灯，简单如指环，你就像黑夜，拥有寂寞与群星。你的沉默就是星星的沉默，遥远而明亮。"这沉默叫人想起印象派大师莫奈笔下的《睡莲》。睡莲总叫人想起柔静的睡眠，想起安然的爱情。

想起沈从文写的《湘行散记》，舟行水上之时，他思念新婚别离的妻子张兆和，提笔写下了一封又一封隽美的书信。这样的书信，是一个男子对心爱女子的全部温柔诉说，是简净清美的情书。那读信的女子，该是心中如有睡莲朵朵清静绽放了。

睡莲有很多品种，品种名也好听。有洛桑、海尔芙拉、白仙子、蓝莲花、埃莉丝、渴望者、霞妃等。蓝莲花是其中很美的一种，花瓣星状，顶端蓝色较深，基部渐淡，雄蕊金黄，便如梦幻一般。大约也是因为如此，蓝莲花也象征着梦想。许巍有一支歌儿，便是唱的《蓝莲花》："心中那自由的世界，如此的清澈高远，盛开着永不凋零。"

睡莲科里也有美味的果实，那就是洁白清甜的芡实。芡实又叫鸡头，每年中秋前后上市，在苏州有"南塘鸡头大塘藕"的美誉。清代沈朝初《忆江南》云："苏州好，蒉水种鸡头，莹润每疑珠十斛，柔香偏爱乳盈瓯，细剥小庭幽。"

向日葵：日光倾城

　　向日葵是菊科植物，因此和小雏菊、翅果菊、黄金菊等等，都很有些相像。但花盘要大得太多了，有一个小盘子那么大，大的赶上小脸盆大小了。菊科植物大多是清素美人，而向日葵却大不一样，饱满、明艳而绚烂，还有几分憨厚。

　　向日葵也叫太阳花、望日莲，那是一种属于希望的植物。菊科植物有各种颜色，五色缤纷，而向日葵只有一种颜色，那就是金黄色。向日葵的盘状花序也总是向着太阳的，花心里也是栖满阳光，所以也叫作朝阳花。整个向日葵花田，一瞥之下，心中便浮起"日光倾城"这四个字。就算是再阴霾的天气，看到向日葵都会豁然开朗。

凡·高笔下的《向日葵》，是他在日照充足的法国南方所作。这是凡·高最典型的最具代表性的作品。一位英国评论家说："他用全部精力追求了一件世界上最简单、最普通的东西，这就是太阳。"那幅画上，朵朵向日葵像是燃烧着的太阳。凝视着那幅画，仿佛心都会被点燃。

电视剧《金粉世家》中，金燕西带着冷清秋，穿越大片的向日葵田，他们一直奔跑着，向前奔跑着，直到两人齐齐放松地躺在那向日葵地之中。那时，爱情和青春同样恣意飞扬，不沾半点污垢。而那时的他们，也是怎样年轻而纯净的脸和心啊。

我没有看见过向日葵开花的过程，每次都是看到新闻说省植物园的向日葵又开花了，于是便兴兴头头跑过去看，这时向日葵大多已经开好了。据说向日葵开花的时候是很奇妙的，皱巴巴的小花蕾慢慢舒张开来，渐渐变得平滑光洁，光彩照人，仿佛女大十八变，越变越好看。省植物园里有向日葵田，开放时一片灿然明亮，花期有两周左右。

几乎每年我都去看向日葵，因为一见向日葵，心里也跟着阳光灿烂。人总是容易被阳光的东西所感染，也跟着开心起来。

植物园的向日葵大约有一米多高吧，花盘硕大，叶片也宽大。但向日葵可以长到很高，一般可以长到两三米，圆圆的花盘还得人仰视才能见到。据说在荷兰还有长到八米的向日葵。那真的是可以爬到那向日葵上当顶楼睡了。

向日葵花盘上细看有一个个头顶花粉的小花柱，褐色的小蜜蜂儿嗡嗡地在花盘里停留着。授粉过后，这些花盘里的小花柱，就会变成一颗颗脆嫩的种子。除了蜜蜂的嗡嗡声之外，就只有风来来往往的细微声音。这么热闹的颜色，却是如此宁谧的环境。让人心里又温暖，又安静。花的香气淡淡清新，是菊科植物特有的微甜的香气。

有一次去看向日葵时，正好遇到甜蜜的一对在那大片的倾城日光中拍婚纱照。雪白的婚纱衬着亮眼的金黄，晃得人睁不开眼，他们笑得也看不见眼了。

日光微暖爱倾城，向日葵花田里的婚纱照，让人感到满满的力量。

向日葵结的种子便是葵花籽了，小时候去老电影院看电影最喜欢吃的，香喷喷的好吃。长大了就不大爱吃瓜子了。后来结婚了，先生是个理工男，但居然很喜欢嗑瓜子。有时候晚上下班回来两人一起看电影，便认认真真嗑起瓜子来，像小孩子一样满足。嗑瓜子的时候，随着瓜子壳在唇齿间轻微清脆的碎裂声，仿佛会有一种小小的成就感，也有助于减压。

向日葵虽然极具乡土气息，但也不是本土植物，它原产北美洲。

向日葵普遍长得比较高大，但是也有可以盆栽的品种。在广州华南植物园门口见到盆栽的小小向日葵，依然美貌，只是没有了向日葵恣意的气势与自信的风度，一时竟没有认出来。

向日葵不是小家碧玉，它其实是向往自由和天空的野性植物啊。驯养它，会是件很难过的事情，仿佛在逼着它失去自己。

还是热爱蓝天下，大片大片喧嚣热烈的向日葵，带给我的视觉震撼。也热爱凡·高笔下的《向日葵》，所展现出来的昂扬而蓬勃的生命感。

爬山虎：老校园里的绿房子

　　爬山虎还有一个格外好听的名字，叫作地锦。它是葡萄科地锦属的植物，因此又叫作红葡萄藤。

　　大学时的南校区老图书馆和第二教学楼，红墙上便爬满了爬山虎，风一吹来，层层爬山虎随风漾动，便如碧浪一般。叫人看了心里很是舒服。老校园里的绿房子，很有岁月感。随便拍一张照，都有老电影的质感。

　　那时很喜欢这个老图书馆。老图书馆前面是竹林，荷花池以及紫藤长廊。从图书馆借了书出来，便穿过竹林，坐在荷花池旁的紫藤长廊上。春天里，还会有紫藤花瓣轻轻坠落在书上。从书页上拾起紫藤花瓣，抬头看看在风里一波一波荡漾的爬山虎墙，只觉得心似荷花开。

爬山虎叶子层层叠叠，墨绿色，刚生出来的小叶子则是新绿色，很可爱。深秋的爬山虎会转为橙黄色或者深红色，如枫叶一般，有一种成熟而瑰艳的美。很爱这个时候的校园，这个时候的爬山虎。

现在母校已经修了新校区，有更大更漂亮的图书馆。现在的老图书馆也成了资料室了。可是，回母校的时候，总是要去荷花池边看看那老图书馆，看看那风里荡漾着的爬山虎墙。

又过了几年，发现老图书馆和第二教学楼都已经修葺过了，那满墙的爬山虎也都已经清理干净。很是惆怅了一阵。

一直都是个念旧又怀旧的人，但有的东西，始终是留不住的。

细细看爬山虎，它是有像昆虫触须那么细的茎枝附在墙壁上，像是细小的脚爪，轻轻拽了拽，吸得还挺紧，好像壁虎一般。爬山虎的吸盘实际上是它的根变态而来。攀缘植物里，有像丝瓜一样用卷须攀缘的，有像常春藤一样用气生根攀缘的，还有用叶柄的卷曲攀缘的，更用钩刺攀缘的。而爬山虎是用吸盘攀缘的。

不止校园里，有年代的老房子，都会爬满爬山虎。有一次走到南郊公园附近的小区，老房子上也攀缘着绿色的爬山虎。

想着，若是住进一间缘满爬山虎的老房子，一进去就满室阴凉。出来时便走进一个种满花草的小庭院，然后就在庭院里坐上摇椅摇啊摇，这种日子，光想象就觉得美好得不得了了。

爬山虎夏季开花，花小，黄绿色，浆果也小，刚生出来是绿色的，成熟了之后转为紫黑色。但是从来没有注意过它的花和果。后来到扬州去旅行，来到个园，看到园外的墙上正攀着一丛爬山虎，一串串的小紫果子，真是有些像小葡萄。据说它的果实还可以酿酒，那么滋味应该也不错吧。毕竟是葡萄的亲戚。

爬山虎的根茎可入药，可破瘀血、消肿毒。

牵牛花：一朵深渊色

　　牵牛花夏天开花，它的颜色真是美丽极了。紫红、深紫、浅紫，或白色。花冠像一个个的小喇叭，早晨开花，中午闭合，"沐朝露以展颜，见晨曦而始放，然日未及中，悄然收卷矣"，因此牵牛花又叫作"朝颜"。这个名字极美。植物中也有名叫"夕颜"的，其实就是葫芦花，葫芦花我是没有见过的。

　　牵牛花有个俗名叫"勤娘子"，顾名思义，它是一种很勤劳的花，每天清晨四点左右就会开出新的花朵。因此，若要观花，便得清晨早起。清代陈老莲观牵牛花，诗云："秋来晚清凉，酣睡不能起。为看牵牛花，摄衣行露水。但恐日光出，憔悴便不美。观花一小事，顾乃及时尔。"

在故乡小城、安徽宏村里以及北京大学的园林式建筑旁，都曾邂逅数朵蓝紫色的圆叶牵牛。觉得在北大图书馆附近邂逅的几朵牵牛花尤其好看，蓝紫色的圆圆花瓣，花心雪白中空，像是蕴藏着一个宇宙。

说起北大，不得不提到燕园草木。去过北京大学之后，真是被那里的葱茏草木给迷住了。整个学校，就是一个小森林。先生陪着我在里面拍了一天的植物，恋恋不舍离去。后来买到《北大看花》一书，记录的便是燕园的植物。在燕园长大的宗璞曾经在《风庐散记》这本书里写道："从燕园离去的人，难免沾染些泉石烟霞的癖好。清晨在翠竹下读书，黄昏在杨柳岸边散步，习惯了，自然觉得燕园的朝朝暮暮，和那一木一石融在一起，难以分开。"想起我岳麓山下的中南大学，我在中南大学的朝朝暮暮，也是和那一草一木融在一起。中南大学的草木，遇见你，也真美好。青春里芬芳满径。

牵牛花在长沙倒是见得少了，见打碗花比较多。只在药植园里见过牵牛花。九月初的某一天清晨，走进药植园里，在射干花和百日草附近，竟发现了深紫色的牵牛花，瑰美极了。但和燕园里的蓝紫色牵牛花颜色仿佛又有细微的不同。

同是喇叭花儿，牵牛花的花容比打碗花要明艳好几倍呀，一下就把人的眼睛照亮了，果然是有"朝颜"之称的花儿。打碗花是太过清淡了。因为在药植园里没有可攀附的架子，牵牛花儿只好攀在其他低矮的植物上，或者直接从泥土上长起来，但脸庞儿天生丽质，叫人一眼难忘。

还有不少挂着牵牛花的名字，但并不是牵牛花的植物，比如碧冬茄。在西交大校园里曾经看到过碧冬茄。颜色娇艳，姿态柔婉。开始我以为是太阳花，再一细看，颜色固然也是很明亮，但花型不像，倒像矮脚小牵牛，小巧可爱。它确实另有个名字叫作矮牵牛，但是矮牵牛跟牵牛花只是花长得都像喇叭而已，它们并不是同科的植物。碧冬茄花色上可分为紫红、鲜红、桃红、蓝紫、白和复色等，都是鲜亮好看的，属于小家碧玉的美人，也是赏心悦目的。

还有一种掌叶牵牛，名字又叫作五爪金龙。淡紫色花儿，花心则是深紫色，像是文雅丽人，居然叫了这么一个张牙舞爪的名字，十分想不明白。大约是因为它生命力强，又有很强的攀爬能力吧。

文人们倒是都很喜欢牵牛花，相关诗文也很多。宋代，以梅为妻、以鹤为子的林逋曾写过一首《山牵牛》："圆似流泉碧剪纱，墙头藤蔓自交加。天孙滴下相思泪，长向秋深结此花。"后来，齐白石先生便根据此诗意画过一幅牵牛花图，图上自题："用汝牵牛鹊桥过，那时双鬓却无霜"，是经历人生沧桑后对于年轻时爱恋的一声轻叹。

捷克诗人塞弗尔特则把牵牛花当作童真的回忆，在他的诗集《牵牛花》第一篇则是一首很童话的诗儿："路边壕沟旁，爬满了长长的青藤，小花杯里盛着一滴甘露，献给你润润嘴唇。路人的脚步顿时变得轻快，仿佛尝到一杯名贵的琼浆玉液，过路的孩子说什么？他感受到了：是妈妈在呼吸，散发出沁人的香气。"

牵牛花约有60多种。常见栽培的有圆叶牵牛、裂叶牵牛、大花牵牛三类。朝颜花实际上指的是大花牵牛。牵牛花中最为美丽的当然就是蓝紫色了，沉淀着如许幽静的美。有日本俳句说："牵牛花，一朵深渊色"，此句还译作："牵牛花，一朵碧潭色"。牵牛花的蓝紫色，是深渊之色、碧潭之色，是沉默而又神秘的。

牵牛花茎、叶、花都含有毒性，服用过量会引起呕吐、腹泻、腹痛与血便、血尿的情形，因此不能随意食用，但可以入药。牵牛花的种子名叫牵牛子，毒性最强，为常用中药，黑色者为"黑丑"，米黄色者为"白丑"，它性寒，味苦，有逐水消积功能。李时珍《本草纲目》："近人隐其名为黑丑，白者为白丑，盖丑属牛也。"

忽地笑：笑容宛然，自带光芒

    暑假有一天下午去学校药植园，发现忽地笑开花了。忽地笑长出一根绿色光滑的茎秆，撑着伞形花序，有花四朵对生，花瓣狭长并反卷，像是卷发一般，每朵花都伸出一簇淡黄色花蕊。

    这灿然明亮的橘黄色花儿，的确像忽然间扑哧一笑的俏皮女孩儿。忽地笑，这名字真美。知道这个名字，再看这朵花儿，觉得仿佛真是一个巧笑嫣然、美目流盼的美人儿，真喜欢这个名字。

    我在忽地笑前俯下身，细细看了很久，几乎也要被它感染得要愉快地笑出来了。

一直喜欢忽地笑这个名字，却是第一次见到它。原来自家学校的药植园就有忽地笑。也许是暑假里开花，所以平日里并没有注意过。暑假里是较少来药植园的，毕竟放假了，天又热。

忽地笑开花的时候是没有叶子的，光溜溜的绿色枝干，撑着一个粲然明亮的笑容，让人的目光瞬间便落在它身上，不忍移开。而它长叶子的时候是不会开花的，也是花叶不相见的植物，跟彼岸花一样，它们本来也是同属石蒜科，是亲戚。

觉得忽地笑真是花中美人了。其实忽地笑的美貌，并不及牡丹、芍药、木槿这一类的明艳大花朵，但是却流露出十足的风流生动的姿态，令人心旌摇曳。

忽地笑和含笑、金丝桃都有类似之处。和含笑相似的，自然都是会笑的花朵儿，只是与矜持文静的含笑比起来，忽地笑多了一份爽朗与明媚。与同是金灿灿甜丝丝的金丝桃比起来，忽地笑又多了几分婉转的媚态。"蟹爪丝瓣竞缠绕，彩团绣球韵独稀。终日缄口暗蓄势，秋来涣涧笑满川。"

忽地笑很像《聊斋志异》里的婴宁，那个忍不住总是笑的天真少女啊。出场时是拈花而笑："有女郎携婢，拈梅花一枝，容华绝代，笑容可掬。"然后便是各种笑："闻户外隐有笑声"，"户外嗤嗤笑不已"，"犹掩其口，笑不可遏"，"忍笑而立"，"女复笑，不可仰视"，"女又大笑"，"笑声始纵"，"见生来，狂笑欲堕"，"女笑之作，倚树不能行，良久乃罢"。

拍了忽地笑几张照片，但觉得没有把它的风姿嫣然给拍出来。大概最好要逆光拍去。忽地笑本来就是自带光芒的花儿呀，它又叫金灯花。

清代陈淏之《花镜》记载得详细："金灯一名山慈菰。冬月生叶，似车前草，三月中枯，根即慈菰。深秋独茎直上，末分数枝，一簇五朵，正红色，光焰如金灯。又有黄金灯，粉红、紫碧、五色者。银灯色白，秃茎透出，即花，俗呼为忽地笑。花后发叶，似水仙，皆蒲生，顺分种。性喜阴肥，即栽于屋脚墙根，无风露处亦活。"忽地笑生命力很强，屋脚墙根都能栽种，无风露处亦活。

　　忽地笑是石蒜科植物，又叫作黄花石蒜。当然，黄花石蒜的名字太过中规中矩，远远不及这个魅惑十足的"忽地笑"了。

　　在桃子湖那里，暑假里也开了不少彼岸花，也就是曼珠沙华。忽地笑和曼珠沙华也很相似，因为都是石蒜科的植物，都有着狭长的花瓣，以及伸出花朵的修长花丝。但曼珠沙华的花蕊更长，花蕊长出花瓣足足一倍有余。

　　曼珠沙华又叫红花石蒜，主要是有红色和白色，是一种听起来就悲哀的花朵，但忽地笑是眉梢眼角都喜气洋洋的，似乎天生不知道烦恼，抑或说，天生便对自己充满了自信。因此忽地笑的花语便是幸福、愉悦和惊喜。嫣然一笑，晶莹明亮，一切阴霾都会散去。

　　忽地笑也是一味药植，全草有祛痰、催吐、消肿止痛、利尿等效，但有大毒，宜慎用。真是美丽、魅惑而又有毒的植物。

彼岸花：烟视媚行，媚态横生

　　学校药植园里有黄花石蒜，即忽地笑；却少见红花石蒜，即彼岸花。见到红花石蒜，还是在九月的岳麓山下，于桃子湖畔漫步时，于湖边偶遇。

　　彼岸花并不常见，在省植物园似乎都没有见过，旅游了这么多地方，我也只在东江湖畔的山野以及瘦西湖旁的园林中，见到了密林下的几丛伸着细长卷曲花瓣的红花。它们站在那里，有几分冷冽和漠然，全不像某些花儿是亲和耐看型的，见到就让人心里舒坦，仿佛甜脆满颊。

彼岸花红色花瓣形态卷曲纤细，红色雄蕊极长，比花被长一倍左右。整朵花儿看上去仿佛凝固了的红色烟火。而它的碧青枝干也是光溜溜的，别无蔓枝，只顶着一朵美艳绝伦的花儿。石蒜科植物，开花时不见叶，生叶时不见花。黄花石蒜，即忽地笑也是如此。

彼岸花的美貌，是在忽地笑之上的。虽然忽地笑更显明快活泼，但是彼岸花有一种蛊惑而又漫不经心的魅力，没有天真的少女气质，仿佛影视剧里成熟而风韵的女人，烟视媚行，媚态横生。它自己却全然不是刻意的，是骨子里散发出来的性感与慵懒，并对别人的惊艳目光丝毫不在意。

再细细看去，又觉得它像梅里美笔下的《卡门》，她是野性的，无拘无束的，漫不经心的美，不会为任何人停留或者改变。

美人自然不缺传说，永远不会流于平淡。作为植物中风格独特的美人儿，彼岸花也是传说不断。它的别名也是丰富得很，幽灵花、山乌毒、生死之花、忘川花……其中最有名的名字莫过于曼珠沙华和彼岸花。

彼岸花其实原本是中国土生土长的植物，在中国文化里，彼岸花的花语是"优美纯洁"。另外，她还有一个颇有喜感的中国名字，叫作"平地一声雷"，仿佛寻常人家泼辣美艳的小媳妇儿，每每河东狮吼，吓得丈夫不敢作声。后来，彼岸花因其药用价值被带去了日本。在日本文化中，它则是有了一个凄美的名字，叫曼珠沙华。曼珠沙华是传说中冥界唯一的花，也叫引魂花，花香具有魔力，能唤起死者生前的记忆。它盛开在阴历七月，花语是"悲伤的回忆"。

还是喜欢中国文化里它的名字"平地一声雷"，鲜活生动，有着人间烟火的热闹与欢喜，因强大的生命力而消解了那么多阴暗与忧伤。

冬季的彼岸花不见花儿，枝叶青翠，看起来生机盎然。这时的彼岸花，显得温厚平淡，心满意足。它此时没有了惊心动魄的美，却一派云淡风轻，仿佛是自波诡云谲的名利场上退下来拥有了平静生活的女子，眉目间尽是岁月静好的意味。

彼岸花可祛痰利尿，解毒催吐。《纲目拾遗》记载："治喉风，痰核，白火丹，肺痈，煎酒服。"

另外有白花石蒜，是彼岸花的变种，但颜值大大不如火红的花儿了。清纯不适合彼岸花，它天生就是要浓烈的，冷艳的，绝丽的。

木槿：记得芭蕉出槿篱

　　暑假里，在小区楼下散步的时候，遇到一棵开花开得喜滋滋的植物，桃红色的，花朵重瓣，仔细一看，原来是木槿。重瓣的木槿感觉没有单瓣的漂亮，但是开得很自得其乐的样子，甚是可爱。

　　学校药植园里也有木槿花，但是白色重瓣的，一排纤瘦的木槿树，生着疏朗的木槿花儿，端庄沉静的样子，小家碧玉的感觉。有一次早上去药植园，邂逅了白色木槿花，只觉"冰肌玉骨，自清凉无汗"。

后来去湖南师范大学桃子湖畔漫步，看到了淡紫色的单瓣木槿。这蓬勃的、轻盈的花儿，忽然间亮在我眼前，一下便使我无限欢喜了。单瓣的木槿更为美貌，也更有气质，简洁而清雅。重瓣的虽然貌美，但是跟芍药、牡丹一般有点儿艳俗，缺乏自己的个性了。

在植物园还曾见过白色的单瓣木槿，中间探出长而粗的花蕊，一点嫣然红色，仿佛姑娘唇上一点胭脂，点绛唇。据说木槿最早有两种颜色：纯白色称"椴"，胭脂红称"榇"，淡紫大约是后来胭脂红的变种。

这木槿花花香并不浓郁，站在花边，并不像站在梅花边上一样能感觉到淡淡芳香的浮动。当然那木槿花的芬芳就更比不上含笑和栀子这一类把力气全部用在芳香上的花儿。但它花容绰约，花色悦目，香气不那么浓郁，倒也不那么重要了。美丽让一切皆可原谅，这便是颜值的厉害之处了。对于花儿来说，颜值跟香气同等重要，只要能吸引到蜂蝶，完成传宗接代这件大事就行。

采几朵单瓣紫木槿回来，只随意放在茶几上，整个房间的感觉都不同了，忽然间便添了几分清雅洁净的感觉。

木槿很像亦舒笔下的美人，独立而潇洒，最重要的是姿态好看。《诗经·郑风》中就有人把女子的容貌比作木槿花："有女同车，颜如舜华。将翱将翔，佩玉琼琚。彼美孟姜，洵美且都。"舜华便是木槿花，一位男子与心爱的姑娘同车而行，那姑娘美丽的面庞好像明亮的木槿花在绽放。那男子心中悄然欢喜，怦然而动。

记得《本草纲目》有载："木槿花如小葵，淡红色，五叶成一花，朝开暮敛。湖南北人家多种植为篱障。花与枝两用。"湖南这边是喜欢用木槿作篱笆的。曾经读过一首《巴女谣》："巴女骑牛唱竹枝，藕丝菱叶傍江时。不愁日暮还家错，记得芭蕉出槿篱。"其实作为湘女谣也是可以的呢。芭蕉出槿篱，这样的景致，在湖南乡野间也是常见的。

我虽然没见过，但听妈妈说，她们小时候，木槿就是作为篱笆来用的。先种了一棵棵的木槿树，然后在小树之间织上篱笆。她们那时还喜欢扯下木槿叶洗头发。把木槿叶洗净后切碎揉搓，然后揉出绿色黏稠的液汁来，用这种液汁洗过的头发乌黑柔亮，效果很好。

单朵木槿朝开暮落，因此又叫朝开暮落花。它的美虽然耀眼，却转瞬即逝。但木槿花不会像桃杏一样飘零在风中，晚上它会收成小小长长的一管花筒，仿佛蜷缩着睡着了一般。夜晚出来散步，会看到木槿花树下都是这些安静却不萎靡的花筒。但在凋零的同时，它又在结出新的花蕾。因而看上去似乎整个夏天木槿都是水灵灵的，但其实今日这朵已非昨日那朵。

这样稍纵即逝的美，自然会引起文人们的感叹与寄寓。刘庭琦的《咏木槿树题武进文明府厅》："物情良可见，人事不胜悲。莫恃朝荣好，君看暮落时。"木槿好活易种，因此并不算名贵的花儿，在湖南这里也经常作为篱笆的草花，白居易诗中有"凉风木槿篱，暮雨槐花枝"之句。鲁迅曾经著有一本《朝花夕拾》，是我少年时特别喜欢看的书。后来又曾看过亦舒的同名书《朝花夕拾》，里面有一句话："生命不在长，只在好。"虽然朝开暮落，但曾璀璨一时，这人世间也不算白来。

木槿也是可以吃的。木槿花味甘，性凉，据说食之口感清脆滑爽。木槿花还有个别名叫作鸡肉花，因为木槿煮在汤里会有鸡肉的味道，是很受欢迎的美食。木槿花也可以作为一种中药使用，可清热凉血，解毒消肿，用于痢疾、腹泻、痔疮出血、白带过多；外用治疮疖痈肿、烫伤。

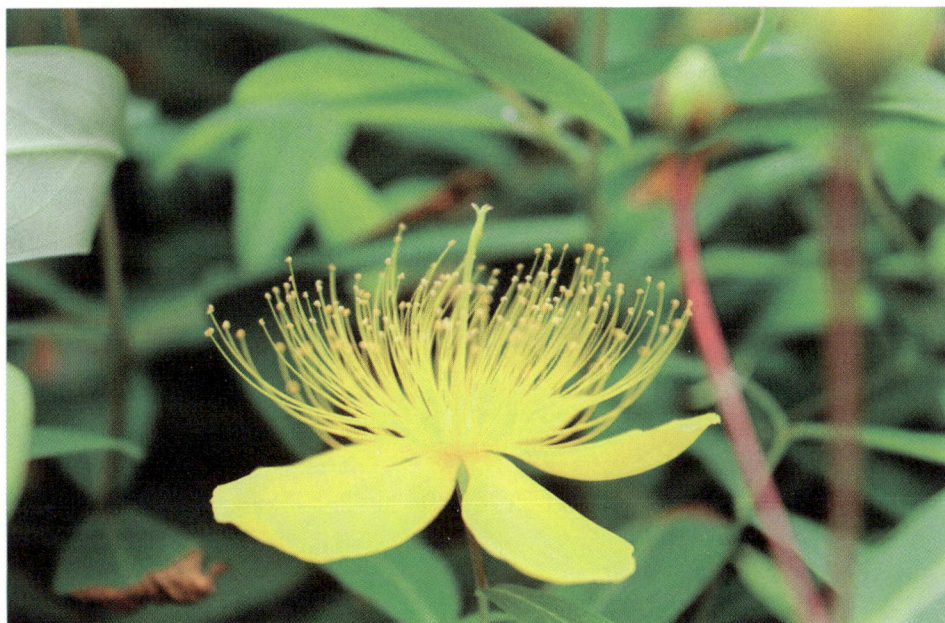

金丝桃：甜俏佳人

　　有日徜徉在小区里的假山旁，发现一棵开着小黄花的植物，花儿有青果大小，开得很轻盈，五瓣金黄色花瓣，花心像是栖满了阳光，一簇蓬松松的金黄色花蕊，不知怎的叫人想起"媚眼如丝"这个词。

　　回来查询，得知这花儿名字叫作金丝桃，金丝桃的"金丝"，就是它的雄蕊，每朵花有 5 束雄蕊，每一束大约有 30 根呈束状纤细雄蕊，所以大约 150 根灿若金丝的雄蕊围绕在雌蕊四周。这些金丝随风轻颤，很是好看，犹如橘子洲头晚上灿然绽放的烟火。

不过很喜欢它的名字，觉得真是花如其名。金丝桃真是一种甜俏的叫人开心的花朵，花名也是甜俏的。金丝桃又叫作金线蝴蝶、金丝海棠，也都是甜美灵俏的名字。

风一吹来，金丝桃轻轻摇曳，风姿很像武侠电视剧里身穿黄裙站在树梢的少女，仿佛下一秒脚尖就会脱离树梢，纵身飞去。她明眸皓齿，偏又喜欢笑，笑起来，让人的心里觉得甜丝丝的。

金丝桃的花期是六到七月，正是盛夏时期，花儿很像是夏日里健康明媚的女孩。总觉得像一个少女感很强的女明星，一笑起来，梨涡里盛满了甜蜜，眼睛弯成美好的月牙状，里面像是有星星似的。

金丝桃也令人想起另一种植物，桃金娘。桃金娘这个名字，也是妩媚靓丽，不过桃金娘的花儿却不如金丝桃美貌，先白后红、玫瑰红、紫红色，但其果子却是极其美味，还可以酿成桃金娘果酒。

桃金娘在湘北是见不到的，湘南还能看见，主要是生长在岭南那一带了。

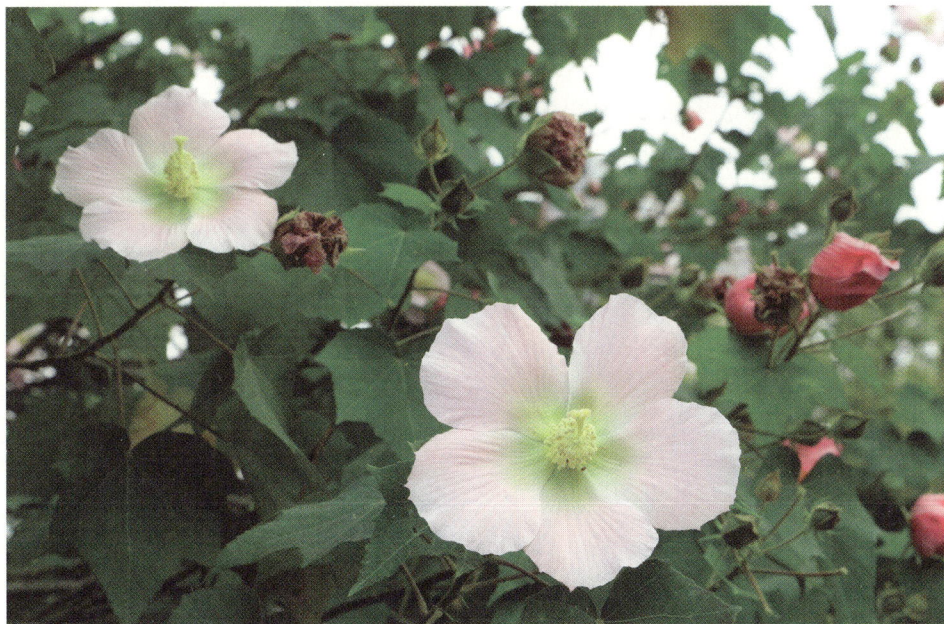

木芙蓉：冰明玉润天然色

　　十月里淡淡秋光，我却忙得团团转。但在校园里，一抬头，总是视线温暖，因为芙蓉花的缘故。办公楼下，图书馆旁，教学楼旁，学生宿舍旁，药植园里，种了很多芙蓉花，风姿婉娈，花色鲜明。

　　正是"芙蓉金菊斗馨香"的时候，药植园里，还尚有翅果菊、黄金菊、孔雀草、百日菊这些花儿闪烁着。火棘的小红果子很可爱，柚子也已经由深绿转为柠檬黄。桂花快落尽了，但空气中仍然有甜丝丝的香气。由衷地觉得，秋季是一年之中最美好的季节。

十月初校园里开了好多芙蓉花，我一开始也错认成了木槿。但木槿生于夏日，而芙蓉秋季开花，知道并不是了。木芙蓉和木槿长得很像，单瓣的尤其相像，花心都探出一根沾满金黄色花粉的花柱。这是因为木芙蓉是锦葵科木槿属植物，是木槿的近亲。但木芙蓉比木槿花朵要大，又是木本植物，可以生得甚为高大。而木槿无论是重瓣，还是单瓣，都只能是小灌木。

学校里的芙蓉花，大多是单瓣芙蓉。在秋天的凄风冷雨中，芙蓉花开得尤为动人，怪不得它还有个名字叫作拒霜花。它的花瓣舒展开来，几乎在同一个平面上，花瓣极细润柔滑，花色则是粉白里泛出淡淡红晕来，如此鲜妍娇美，也只有正值青春的美人面能比得过了。因而有诗云，芙蓉如面柳如眉。和木槿一样，芙蓉花的重瓣花儿并没有单瓣花儿那样简净美貌，自带气场。

而这个时节，其他娇艳春花都早已凋落，只有芙蓉灼灼。年轻的女学生站在芙蓉花下拍照，笑靥如花，花光容色，也是一首小诗或者小词。

歌咏芙蓉的诗词也很多，除了歌咏芙蓉的美貌，更多的是歌咏芙蓉的风骨。宋代诗人范成大曾作有一首《菩萨蛮》："冰明玉润天然色，凄凉拼作西风客。不肯嫁东风，殷勤霜露中。绿窗梳洗晚，笑把琉璃盏。斜日上妆台，酒红和困来。"吕本中作过一首《木芙蓉》："小池南畔木芙蓉，雨后霜前着意红。犹胜无言旧桃李，一生开落任东风。"

芙蓉花和木槿花一样，也是朝开暮落。在校园里看到的芙蓉花，都是一根枝头多个花苞，一朵盛开的芙蓉花旁边就有几个鼓囊囊的小花苞。芙蓉花照耀了一天，便会渐渐收拢，像小孩子紧缩的拳头，也像个花苞，只是它不再开放了。

还有一种植物也被称之为芙蓉，那就是荷花。荷花又叫作水芙蓉。屈原《离骚》有云："制芰荷以为衣兮，集芙蓉以为裳。"并赞水芙蓉与木芙蓉，象征着人品的高洁清雅。木芙蓉虽然不像水芙蓉一样生在水中，但是喜欢生在水边，水面辉映，也更见其美。

岳麓山上穿石坡湖畔也有芙蓉花。芙蓉临水照花，更是国色倾城。明代《长物志》云："芙蓉宜植池岸，临水为佳。"宋代王安石一首《木芙蓉》，将芙蓉写得尤为柔媚："水边无数木芙蓉，露染胭脂色未浓。正似美人初醉着，强抬青镜欲妆慵。"苏轼也有"溪边野芙蓉，花水相媚好"之句，范成大也有"袅袅芙蓉风，池光弄花影"之句，都是写芙蓉花开花时水光照映的鲜丽明艳之美。

宋代有位浣花女，曾经作过一首《潭畔芙蓉》："芙蓉花发满江红，尽道芙蓉胜妾容。昨日妾从堤上过，如何人不看芙蓉。"芙蓉花美，引得美貌的浣花女也起了争艳之心，自信地认为自己的容颜还是胜过了花容。

一直很喜欢"一树繁花"这样的词，如"花满枝丫"一样，都是绝美而叫人心生禅意的词。木芙蓉开花时，就是一树繁花。一棵大树上，都是明艳照人的花儿，花团锦簇，看得人心中暖洋洋的舒服。据说，芙蓉花一天之内是会变色的，白天是白色或粉红色，到夜间变深红色，因此又称之为"芙蓉三变"。我仔细地看了校园里的芙蓉花，确实有淡粉、浅红和深红色。屈大均的《广东新语》称醉芙蓉"颜色不定，一日三换，又称三醉"，并赋诗云："人家尽种芙蓉树，临水枝枝映晓妆。"

锦葵科植物真是一个美艳的大家庭。木槿、芙蓉、朱瑾、秋葵、树锦等都属于这一类。而且她们是美艳中又自带清华高贵的气场，让人不敢小觑了。还有一种蜀葵，开花时便如蜀锦一般绚烂，我也是曾在广州见到。

和木槿花一样，芙蓉花也是可以吃的，而且也颇为美味。宋代林洪在《山家清供》中记载有一种雪霞羹的制法："采芙蓉花去心蒂，汤焯之，同豆腐煮，红白交错恍如雪霁之霞。"故名"雪霞羹"。把木芙蓉去掉花心和花蒂，然后过滚水烫过，再和豆腐一起炖煮，芙蓉鲜红，豆腐雪白，这味花馔色彩鲜明，很是好看，如同雪晴之后的绚烂霞光。

其实芙蓉花跟我们湖南是很有渊源的。据传湘江流域过去多植芙蓉，唐代诗人谭用之曾吟有"秋风万里芙蓉国"之句，因此湖南又有"芙蓉国"之称。

桔梗：精灵一样的梦幻

看一本老杂志，里面有一篇李碧华的《给母亲的短
柬》，李碧华介绍了一本同名小书《给母亲的短柬》："当
我见到桔梗花砰然绽放，令我想起你在年轻的日子，
大太阳下，持着一把伞。"

读到这些文字，在我眼前浮现的是桔梗花砰然绽
放的美丽模样，犹如太阳下撑伞的妇人。

桔梗是夏秋开放的花。药植园里就有。桔梗长得
跟茑萝相似，五角星的小花儿，只是茑萝是红艳艳的

五角星，而桔梗则是蓝紫色的五角星，花上还有细细的深紫色脉络。桔梗含苞时如僧帽，圆鼓鼓的，很可爱，开后垂下头像一只小铃铛，因此它别名叫包袱花、铃铛花、僧帽花。只想说，桔梗含苞时真的是太萌了。

但桔梗开放时，则是全然的美了。曾经在雨后看到学校药植园里初绽的淡紫色桔梗花，怯弱如不胜风。仿佛大观园中临风捧卷的林妹妹，风露清愁，清雅秀丽。

蓝紫色的花儿，都是精灵一样的梦幻啊。觉得桔梗和矢车菊、勿忘我一样，都是活在诗中的花儿。矢车菊也是美丽极了的蓝色花儿，外形有点像大丽菊，蓝得就像大海一般。安徒生童话《海的女儿》里，就曾用矢车菊花瓣来形容大海："在海的远处，水是那么蓝，像最美丽的矢车菊花瓣……" 其实，所有蓝色的花儿，都能给人以大海深处最瑰丽的联想。

李时珍在《本草纲目》中释其名曰："此草之根结实而梗直，故名桔梗。" 桔梗实际上是一个硬朗的名字，听起来便觉得是一种美貌而有风骨的小花，但气质却是楚楚动人的。清代《花镜》中说桔梗："开花青紫色，有似牵牛。" 但其实，桔梗的美貌远在牵牛之上，柔弱之态更有过之。

桔梗花开代表幸福再度降临，又代表永恒的爱，勿忘的爱。三岛由纪夫的《繁花盛开的森林》写道："在秋露飘漫中，依稀可见远方有许多桔梗花，这些花儿如一张薄棉被般，在秋露中绽放着寂寞……" 文中又说："于是开始有人把桔梗，送情人也送给永不再见的人。因为它既是永恒，也是无望。抑或是，永恒无望的爱。" 日本文学有 "物哀" 的传统，桔梗花在他的笔下，如此忧伤。

桔梗花还有白色的，显得普普通通，颜值大减。还是紫色适合它。

桔梗的根可入药，有止咳祛痰、宣肺排脓等作用。在中国东北地区常被腌制为咸菜，在朝鲜半岛被用来制作泡菜，当地民谣《桔梗谣》所描写的就是这种美好的小植物。

美人蕉：植物中的淑女

美人蕉以美人冠名，自然是美的。而美人蕉的确也当得起美人这两个字，身姿挺拔而窈窕，花色绚烂，叫人看了赏心悦目，一派植物中的淑女风范。

家乡小城的小花园，也看得见美人蕉。听朋友说，美人蕉也是可以吃的，而且还可以嘬出里面的花蜜吃，清而且甜。但是我也没吃过，每次想吃的时候，看到小蜜蜂儿在花心爬来爬去，还钻了进去，隐没在卷起的花心深处，就不敢吃了。

美人蕉的花形说不上美，像是没有精神似的，耷拉着几片细嫩柔软的花瓣，花瓣上还点缀着香蕉皮上一般的小小斑点，一点也没有鸢尾的意气风发状，但是花色实在是太明亮夺目，只要一看到，就让人的视线马上就温暖起来。药植园的美人蕉都是柠檬黄色，我家楼下也有美人蕉，是大红色，都是非常璀璨的容色。

花儿只要有一个特点，就让人过目难忘，便可称之为美丽。人也一样。曾认识一个女孩子，细看五官和脸型都有硬伤，但是那一双含露明眸轻轻瞥来，便如笼罩了满室的光华——啊，就可以说是一位美貌佳人了。

美人蕉的蕉叶跟芭蕉叶是很相像的，宽大得可以在上面写字了。被雨一濯，尤其觉得青碧可爱。

美人蕉夏季至秋季开放，花有碗口大小，夏天里开得尤其好。热烈的花儿，自然盛放在热烈的季节。夏天里开的花儿，颜色也尤其浓艳。《明珠缘》第三回中有："含笑花堪画堪描，美人蕉可题可咏。"含笑花美在花态，美人蕉美在花色。

如今住的小区，有几个小小的睡莲池，睡莲池的梭鱼草旁，还种了几棵黄菖蒲，瘦瘦高高的，长得跟美人蕉很像，因此开始我还以为是美人蕉，但细看还是黄菖蒲。梭鱼草是淡紫色碎花，并不起眼，但黄菖蒲风姿婉娈，楚楚动人，有几分美人蕉的嫣然风姿，往往还能抢了睡莲的风头。

有一天早上下了雨，待雨停了走下来楼来，只见楼下的美人蕉上滚动着点点雨珠，犹如美人含矉，极是娇艳。走进了看，美人蕉开了两朵了。旁边还有五六个尖尖长长的橙红色花苞。我以为等几天会看到五六朵花儿一起开放，却没想到之前的花儿萎谢了，后面的花儿缓缓再开。始终见到美人蕉上的花儿只有一两朵，花容却照样明亮耀眼。

唐代以前，美人蕉并没有这个柔媚的名字，那时它被称作"红蕉"，因为红色的美人蕉最为多见。唐代韩偓曾经作《红芭蕉赋》："瞥见红蕉，魂随魄消。""横波映红脸之艳，含贝发朱唇之色。"已经把红蕉比作含笑的丽妆美人。后来唐代诗人罗隐写下："芭蕉叶叶扬瑶空，丹萼高攀映日红。一似美人春睡起，绛唇翠袖舞东风。""美人蕉"的名字便传开了。美人蕉自然比红蕉要惹人遐思，后来歌咏者甚众。

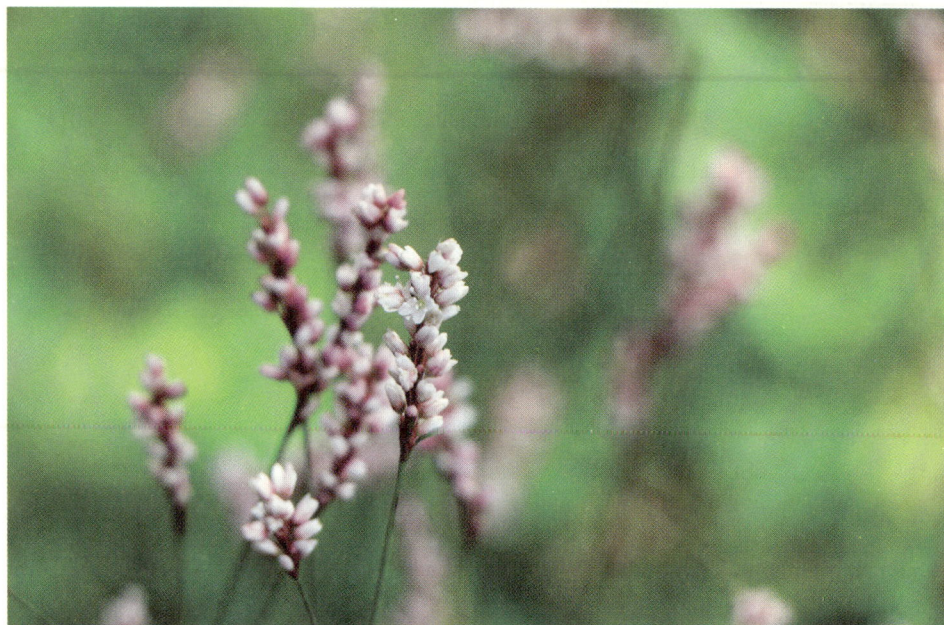

蓼花：数支红蓼醉清秋

　　岳麓山上穿石坡湖的石头旁，很多麦穗状的小花临水照影，这便是红蓼了。红蓼常在湖河浅水及沼泽处生长，因此秋日的水边常常能见到这种美丽小花。去宏村旅行时，在宏村水边树下也见到了红蓼。以红蓼做前景，给宏村拍了个艺术照，只觉清淡而妩媚。

　　红蓼是总状花序，呈穗状，一开便是一串一串的，娟秀清丽。凑近了看则能看到一簇簇精致的红色小花。但是花儿实在太细小，比米粒还小，看清楚太费劲，于是便取出单反对准小花。

　　镜头尽量拉近，原来，那红蓼小花，花开五瓣，花瓣淡紫红，稍稍纤长，花蕊也是洁白修长，伸出花瓣之外。小花密密挤在一起，灿若云霞之感。和春天里的桃杏一样，开得喜气洋洋，光华灿烂，当真惊艳。只是红蓼生在水边，花朵又实在太细小，因此虽然植株的风姿令人倾倒，花朵的美貌却很少有人关注到。

　　正拍着照，飞来一只褐色的小小蜜蜂，站在一朵小花里，认认真真采起蜜来。于是便拍下了一张蜂采蓼蜜图。

　　渐渐到了黄昏时分，暮色如蓝纱一般轻轻浸透红蓼小花，软风里一只蜻蜓立在红蓼上，映着瑰丽水光轻轻摇荡，真是再美不过的画面了。晚上回去细看照片，觉得着实漂亮。

　　红蓼还可以采摘，带回家去，简易水养即可。插在花瓶里，放上清水，几天后它便能自行生根。

　　红蓼大概是诗词中特别优美的植物了，和芦苇一样。在《诗经》中，红蓼便曾出现，它在诗中的名字叫作游龙："山有乔松，隰有游龙。不见子充，乃见狡童。"后世文人的笔下，红蓼更是秋意的代言。唐代白居易诗云："秋波红蓼水，夕照青芜岸。"唐代薛昭蕴诗云："红蓼渡头秋正雨，印沙鸥迹自成行。"宋代陆游诗云："老作渔翁犹喜事，数支红蓼醉清秋。"

　　宋代有一幅名画作《红蓼水禽图》，画里细小的蓼花花穗也用紫红、粉白晕染得层次分明，细腻生动。画上题诗："西风红蓼香，水禽破苍茫。小虾清滩里，涟漪泛斜阳。"别有意趣，倒让我又想起穿石坡湖旁的红蓼了。

　　红蓼和芦苇在诗词中经常一起出现。宋代有一位姓陈的无名才女，曾经写有《题小雁屏》二首，其一便是："蓼淡芦敧曲水通，几双容与对西风。扁舟阻向江乡去，却喜相逢一枕中。"红蓼之艳，淡芦之雅，正好相衬。宋代姚宽《踏莎行》中也有"碧芦红蓼秋风急"之句。

　　清代王初桐《奁史》中曾写过这样一个故事，说有人在水边见到一位素妆女郎，一位红妆女郎，皆美貌非凡。有男子欲前往追踪，但只见芦花白、蓼花红而已。原来那两位美女，便是芦花和蓼花的精灵。红蓼的确也像丽妆女子，宋代张镃《虞美人》咏道："妆浓未试芙蓉脸，却扇凉犹浅。粉轻红袅一生娇。风外细香时伴、湿云飘。"将红蓼写得更是风情袅娜。

红蓼果实入药，名"水红花子"，这个名字好形象，犹见红蓼临水照影的娇媚。水红花子有活血、止痛、消积、利尿的功效。

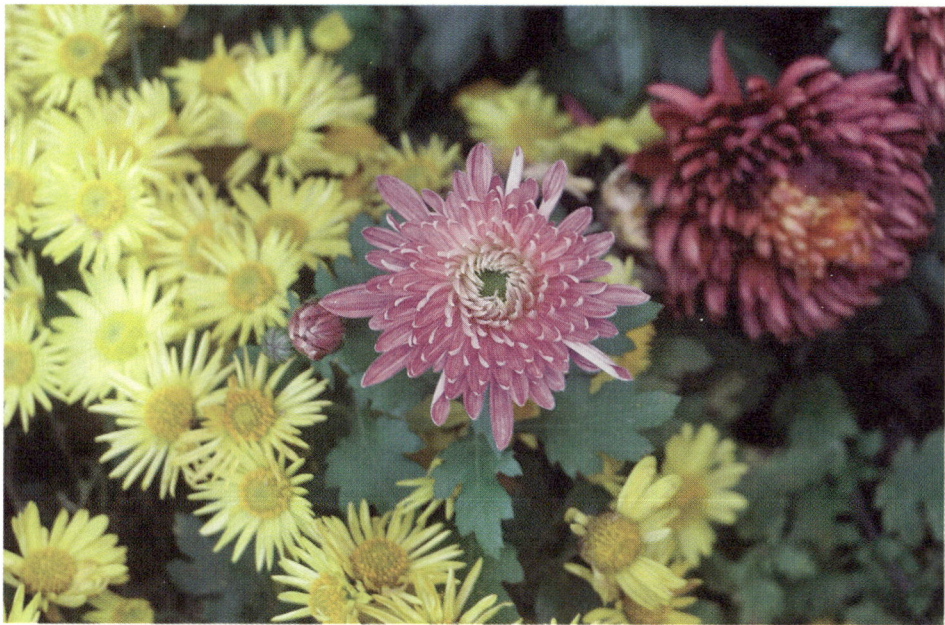

菊花：秋天的美好

　　每年深秋红叶最盛之时，岳麓山会举办红叶节。而这时也是菊花最盛之季，因此这时岳麓山会同时举办菊花展。爬山之时，见到爱晚亭的璀璨红枫，麓山寺的灿然银杏，以及各种菊花展，会让人觉得：秋天，真是美好啊。

　　宋代诗人钱时赏菊，也要写到红叶："昨夜清霜冷絮褊，纷纷红叶满阶头。园林尽扫西风去，唯有黄花不负秋。"可见古人也喜欢一起赏红枫和黄菊。在举办红叶节、菊花展的同时，岳麓山上还会举办万人相亲会。红叶下，黄花畔，浮动着浪漫的气氛，大约也能成就不少好姻缘。

菊科植物都是有舌状花和管状花组成。那些外面舒展的花瓣是舌状花，又叫"边花"，中心位置则是管状花，又叫"心花"。舌状花有红、黄、白、墨、紫、绿、橙、粉、棕、雪青、淡绿等。正是舌状花的形态各异，构成了菊花的千姿百态。菊花展现场展出各种栽培形式的造型菊，如大立菊、小立菊、悬崖菊、高接菊、独本菊、多头菊等类型，令人眼花缭乱，只好一一摄入镜头，回去之后再细细品味和欣赏。很可惜有的菊花并不认识，比如说一株舌状花细长如丝，整个花朵仿佛花火一般的大紫菊。

每次去看都觉得，真是看不够啊。难怪唐代司空图写道"黄昏寒立更披襟"，只因为"露涩清香悦道心"。

明代高松《菊谱》里也记载了多种菊花，其中有"蜜西施"蜜色菊花："不伴群芳着绣裳，只将素淡试新妆"；有"醉西施"淡红菊花："侍宴欢愉酒已阑，粉轻脂淡晚妆残"；"太真红"娇红菊花："华清浴罢锦衣鲜，舞袖酡颜色共妍"。他们那个时代的菊花展，说不定比现在还热闹。

菊科是个庞大的家族，品种多样。我见过的菊科植物除了这些菊花展里展出的风姿卓绝、颜值不在牡丹、芍药之下的富丽菊花品种，当然还有药植园里的百日菊、千里光、翅果菊、黄金菊、马兰、雏菊等小草花。随处可见的一年蓬也是菊科植物。

古人以花入馔，爱花成痴。菊花甘芬，自然是做花馔的佳品。汉朝《神农本草经》记载："菊花久服能轻身延年"。当时古人已经有了喝菊花酒的习惯，帝宫后妃都把菊花酒称之为"长寿酒"。这种习俗一直流行到三国时代。"蜀人多种菊，以苗可入菜，花可入药，园圃悉植之，郊野火采野菊供药肆"。宋代诗人苏辙赞菊花可让人长寿："南阳白菊有奇功，潭上居人多老翁"。明代《群芳谱》中也记载："凡杞菊诸品，为蔬、为粥、为脯、为粉，皆可充用……"到了现在，很多人也喜欢泡菊花茶，喝菊花酒。办公室有个同事，喜欢泡一种菊花枸杞茶，鲜红枸杞，金黄菊花，在茶水中沉浮着，很是好看。

因菊花淡雅秀丽，又兼凌霜风姿，所以古代歌咏它的人很多。菊花最为人称道的自然是它的风骨，"宁可枝头抱香死，何曾吹落北风中"，瑟瑟秋风中，百花或枯萎或凋零，菊花却依旧明艳照人。但菊花却无意于争芳斗艳，开得宁静淡然，因此很得东晋著名诗人陶渊明的青睐，吟出"采菊东篱下，悠然见南山"的千古名句。菊花也从此成了隐逸的象征。"耐寒唯有东篱菊，金粟初开晓更清"。

陶渊明除了爱菊也爱酒，传说有一年重阳节这天他无酒可喝，于是便在家门口的菊花丛中摘了一把菊花，坐在旁边惆怅良久。就在这时，他看见一个白衣人向他走来，一问才知此人是江州刺史王弘派来送酒的。陶渊明大喜，便以掌中菊花下酒，大醉方休。后来这个故事还诞生了一个温暖的成语："白衣送酒"。

喝菊花酒怡然自得，就着菊花香下酒也很是怡然吧，宋代李清照词中所说："东篱把酒黄昏后，有暗香盈袖。"黄昏中把酒东篱，菊花清香也浸润到酒中之来了，这惆怅而清雅的醇香啊。

菊花是一种有风骨的植物，关于菊花的古诗词数不胜数。祝允明曾有"菊诗万首从君选"之句。历代的《菊谱》也是不少。关于菊花的词句之中，极喜欢"人淡如菊"这四个字，仿佛能看到一个清瘦的素衣少女，伫立在秋风之中，身畔是数枝黄菊，神色淡淡，却是秀雅难言。"人淡如菊"语出司空图的《二十四诗品》中的《典雅》："玉壶买春，赏雨茅屋，坐中佳士，左右修竹，白云初晴，幽鸟相逐，眠琴绿荫，上有飞瀑。落花无言，人淡如菊，书之岁华，其曰可读。"司空图是唐代创作咏菊诗数量最多、成就最为显著的诗人之一，他对菊花欣赏有加，推崇备至。

李渔在《闲情偶寄》中便记过一个"人淡如菊"的女子："记囊时春游遇雨，避一亭中，见无数女子，妍媸不一，皆踉跄而至。中一缟衣贫妇，年三十许，人皆趋入亭中，彼独徘徊檐下，以中无隙地故也。人皆抖擞衣衫，虑其太湿，彼独听其自然，以檐下雨侵，抖之无益，彼现丑态故也。及雨将止而告行，彼独迟疑稍后，去不数武而雨复作，乃趋入亭。彼则先立亭中，以逆料必转，先踞胜地故也。然臆虽偶中，绝无骄人之色，见后入者反立檐下，衣衫之湿，数倍于前，而此妇代为振衣，姿态百出，竟若天集众丑，以形一人之媚者。"

人淡如菊，内心坚定，不浮华于世，不随波逐流，是一种成熟立世的姿态。

太阳花：永远天真的心

　　太阳花真是灿然如锦缎，忽然间映入眼帘，就不由自主地被吸引住。太阳花绝不是淡淡的美，它是浓烈，是天真，是不管不顾的激情，是奔涌而出的美，是使不完的精力。

　　童年在小城里，看到很多家阳台上都种有太阳花。太阳花的花形也很简单，就是碗状的单瓣花朵，并不精致，但是颜色极其明亮浓烈。像是一把五颜六色的糖果，又像是五六岁的圆脸小姑娘了，可以在草地上打滚的年纪，仰着一张明亮的脸，笑得晶莹璀璨，叫人心生欢喜。虽然貌不惊人，个性却热情爽朗，让人过目难忘。

谁能拒绝这天真可爱呢？

太阳花又叫午时花，喜欢温暖、阳光充足而干燥的环境，见阳光花开，早、晚、阴天闭合。母校中南大学观云池前，也种着很多太阳花。上午的时候，太阳花开得便如齐展展的一片彩云一般。下午则缩成了小小的彩色的星点。

太阳花花期很长，从五月一直持续到十二月。岭南地区，太阳花更是全年绽放。太阳花还有一个名字，叫作阔叶半枝莲，大花马齿苋，它是马齿苋科马齿苋属植物。

太阳花的品种较多，通常有妃红、稼红、大红、深红、紫红、白、雪青、淡黄、深黄颜色。倒不用叫太阳花，叫彩虹花好了。不过，虽然太阳花花色艳丽，但是香味很淡。不用心闻几乎闻不到。

在巴厘岛旅游时，见到犹如牡丹一样繁复的小花儿，拍了下来，回来一查，居然也是太阳花。原来太阳花不只是单瓣，重瓣的犹如盛装美人，而单瓣的则是一脸天真满足。这种重瓣太阳花还有个好听的名字，叫作松枝牡丹。它的枝叶长得细小尖锐，便如同松枝一般。重瓣的花儿便如同迷你版牡丹一般美貌雍容，小小太阳花，真是开出了牡丹的姿态与气势。

太阳花易养易成活，又叫"死不了"。不仅死不了，还要活得绚烂多彩。平日里忙碌，没有太多时间侍弄花草，阳台上也只能种一些特别坚强的植物。于是，决定找一些更容易养的花草来种。种了些太阳花的花籽，撒在花盆里。买了一柄小小的水壶，清晨或傍晚，定期浇水。过了一段时间，几点新绿鹅黄就探头探脑地在空气中舒展了。这新鲜的小生命，像是初生婴儿一般，让人心里尽是温柔的期待。

种下太阳花，不用管它，它自然会长得很好。不像那些娇贵的花儿，细心呵护，还动不动就枯萎了。

年少时喜欢伤春悲秋的矫情，但太阳花虽然是少女系的花儿，它可从不知道矫情为何物，它是真正意义上的有点阳光就灿烂。它活得那样恣意张扬，不管不顾。

普里什文认为，大自然的一切都是有生命的，我们要学会去理解"每一朵小花在谈到自己时的那种动人的简朴：每一朵小花都是一轮小太阳，都在叙述阳光和大地相会的历史"。

对于太阳花尤其如此，它本身就是一个暖暖的小太阳，自己会发光。

红枫：霜天枫叶飘山水

红叶经霜而赤。一晃眼又快到了看红叶的季节了。

每到深秋，岳麓山上层林尽染，很是好看。那时岳麓山下校园里的红枫和鸡爪槭，也会红得耀眼了。再衬上银杏金黄，水杉深栗，梧桐橙黄，以及栾树紫红色灯笼果，真是调色盘一样富丽的颜色了。岳麓山上红枫馆外的几副对联，在深秋里看很是应景："清泉流石上古寺钟声敲日月，枫叶染层林晚亭秀色画江山。"又有"岳麓生万物霜天枫叶飘山水，书院阅千年携来同学写春秋"。

走在岳麓山里，那红叶的深厚美丽也总叫人想起很多故事。深山之中，一脉晶亮的山溪水上，漂着一枚深厚红叶，总觉得那个画面美得让人心醉。因此，大学里曾经取笔名叶溪。

那红叶上曾承载着少女旖旎的心事。元代蒋克勤曾作《西湖竹枝词》："题诗秋叶手新栽，好似阿侬红颊腮。寄与钱塘江上水，早潮回去晚潮来。"少女在秋叶上题诗，那秋霜染得叶子如同少女绯红的脸颊。将红叶轻轻抛入钱塘江水中，希望心上人能看到，随着晚潮归来。只觉清新动人。

每年深秋必去看岳麓山的明净秋景，总是记挂着爱晚亭旁的红叶碧水。霜降时节，也是观赏红叶的最佳季节。落霜之后，仿佛是一夜之间，岳麓山青枫峡便全部都红了。青枫峡中爱晚亭的红叶尤其红艳可爱，一泓碧水，一座古亭，掩映在红叶之中。若是夕阳斜照，更是有着说不出的动人。

大学时候爬山去爱晚亭，只觉好看。到了大四，看到满山红叶，"看万山红遍、层林尽染"，却不觉添了别离愁绪，惆怅难言。"晓来谁染霜林醉，总是离人泪"。

除了爱晚亭，穿石坡湖也是一处绝佳的赏枫之地。穿石坡湖位于岳麓山半山腰之上，林壑清幽，湖水潾潾，山涧清溪自云麓峰经穿石坡直下山脚的枫林村。而湖边是一条长廊，并一个亭子。每次爬山，都会来到穿石坡湖歇脚。湖水里常常有几只棕褐色野鸭自在地游来游去。人在亭子里俯瞰野鸭，野鸭却并不怕人，悠然自亭旁划水而过。红叶在它身后静静燃烧着。

深秋霜降，是大地最后的璀璨辉煌。

霜降之后，冬天就开始了。

鸡爪槭：青山红叶，青春之恋

你是否曾经遇见过一种植物最美的样子，宛若灰姑娘穿上了水晶鞋，忽然间光芒四射。我就曾见过鸡爪槭最美的时刻。

我所居住的小区里有几株鸡爪槭，十一月底，鸡爪槭红了，却不是火红色，而是暗红色。好看是好看，但在大学里见得多了，也觉得不过寻常之美。

有一天早上，下了一场雨。雨后出门，经过鸡爪槭时，微微一惊，鸡爪槭被雨水濯得鲜丽明亮，叶面被镀了一层光，叶尖缀着晶亮雨珠，每一张叶片几乎都美得不真实，映着日光，闪闪烁烁的亮着。

站在鸡爪槭旁好一会儿，忘情地赞叹着，都忘了用手机给它拍个照了。

鸡爪槭比红枫更为常见，实际上红枫还是它的变种，它另有一个名字叫作青枫。青枫和红枫都属槭树科、槭树属落叶小乔木或乔木，常见的是两到四米高。觉得青枫这个名字比红枫更有意境。鸡爪槭还有一种变种叫作羽毛槭，叶片掌状深裂达基部，一枚叶片如同一片羽毛一般。羽毛槭在长沙倒见得不多。

早春里的鸡爪槭，是可爱之极了，刚刚生出来的青色小枫叶，柔柔嫩嫩的。到了三月底，小青枫叶下会垂下一串串紫红色的米粒大小的小花朵，吐出娇红色的花蕊，虽然花儿很小，但是风姿婉变，惹人怜爱之极。"苔花如米小，也学牡丹开"。红枫也是此时开花，开的花儿长相和青枫一模一样。

岳麓山下的大学城，红叶也多。大学里在草地上看书的时候，旁边就立着一株鸡爪槭。看满树红叶实在嫣然妩媚，忍不住摘下一枚夹入书中当作书签。红叶用来做书签最好不过，在书里被压得平平展展，像是绘在书页上一般。

鸡爪槭与红枫是岳麓山和大学城里红叶中最多见的。它们的区别在于，红枫的枝干为红褐色，鸡爪槭的枝干为绿色；红枫的枝干粗而硬，鸡爪槭的枝干则是细而柔软。另外鸡爪槭叶片的裂片长超过全长之半，但不深达基部。而红枫的裂片裂得更深，几乎达到基部。

用灼灼红叶向心爱的女孩子表白，是当时在麓山大学城所流行的。背靠着层林尽染的岳麓山，校园里又随处可见美丽深厚的红叶，这触目可得、随手可摘的浪漫，是属于岳麓山大学城学子们的幸福。

于是，校园里的很多故事，与山有关，与红叶有关。那么多年轻的男孩女孩，那么耀眼明亮的青春，都沉淀在了一枚枚琥珀般深厚的枫叶上。一直到很多年过后，看到那青山红叶，心湖中便泛起微微的涟漪。无可言说，又惆怅莫名。

后来，这些故事沉淀成了一枚枚红叶书签，静静躺在某本旧爱情小说里。

小时候看《森林里的小木屋》，里面有做枫糖的细节。后来有看到摩西婆婆的画，里面也有做枫糖的场面。后来来到岳麓山下的大学城读书，看到校园里那么多红枫青枫，还惊喜了一下。

后来才知道，用来制作枫糖的，并不是红枫青枫这样的小乔木。美洲有一种糖枫，是一种高大落叶乔木，比枫香树还高，高达 40 米，树干中含大量淀粉，冬天变成香甜的树液。如在树上钻孔，树液便源源流出。

糖枫树汁熬制成的糖叫枫糖或槭糖。这种含糖的枫树和其他的枫树不一样，金秋的时候黄色一片，其他的枫树则是呈红色。

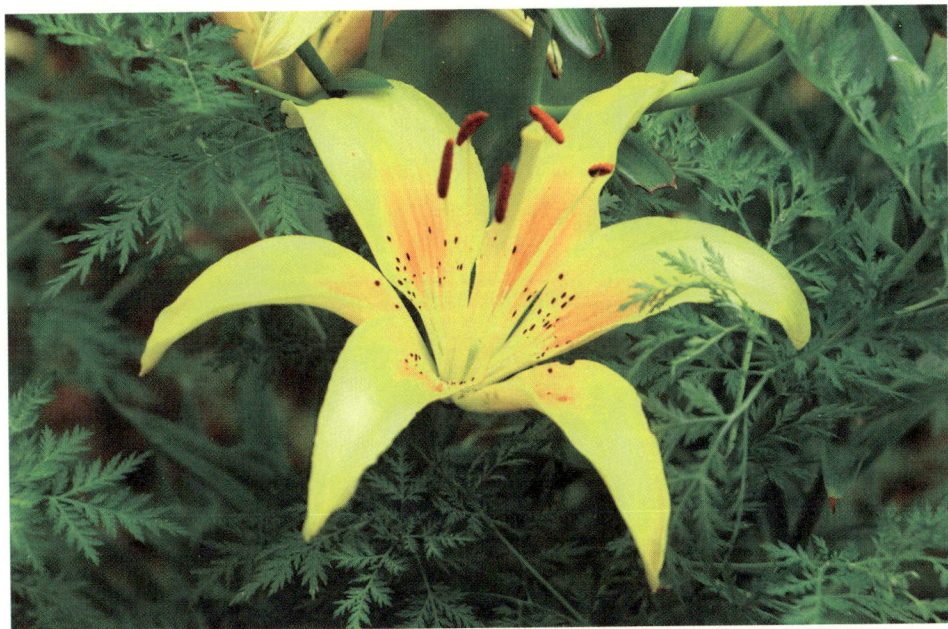

萱草：令人忘忧

　　有一年去洋湖湿地公园游玩，在园外香樟树下的杂草丛里，亮出一朵灿然的橙黄色萱草花。

　　开始以为是美人蕉，因为花朵的颜色真是很鲜丽，但是走近了细看，花瓣六枚，细长微卷，其花型又很像百合。花柄极长，硬把花朵儿从杂草中托了出来，花朵儿气质简净潇洒，登时有鹤立鸡群之感。

　　站在花旁看了半天，忽然想着该不会是萱草花吧，回去一查，果然是的。

在古代，萱草是一种可以令人忘忧的草。《博物志》中："萱草，食之令人好欢乐，忘忧思，故曰忘忧草。"李九华《延寿书》云：嫩苗为蔬，食之动风，令人昏然如醉，因名忘忧。所以萱草又名忘忧草。萱草忘忧，大约是其花美吧。看到美好的事物，都会让人忘记忧愁的。如果把那朵努力在杂草中探出头来的萱草轻轻摘下，带回家中，插在细长的花瓶里，灼灼照耀着客厅，也该是让人忘忧的。

萱草花期为盛夏。萱草和木槿一样，一朵花儿只开一天。因此，开得极为认真。一支花箭上有十几朵到几十朵花苞，这朵谢了那朵又接着开了，一代新花换旧花。因此，在漫长的花期里，总是能看到萱草，但是今天看到的，已经不是昨天那朵了，虽然是一般儿的明亮鲜妍。

萱草中有一种人工栽培的园艺品种，名叫金娃娃萱草，花色为嫩嫩的明黄色，那个一脸无辜的美丽，真像是不谙世事的婴儿，禁不住要用双手轻轻捧住。金娃娃花期很长，有半年之久，可以从初夏一直开到深秋。药植园里有金娃娃萱草，还有重瓣的萱草，重瓣的萱草并没有单瓣萱草简净秀丽。

萱草除了橙黄色，还有白色、紫色等多个品种，据说还有黑色的！我是没有见过黑色的，很难以想象黑色萱草的存在。萱草似乎天然是温暖的、明亮的，怎么能是黑色的呢？但大自然就是如此奇妙。

萱草又是古代的爱情之花。《诗经》云，有一位丈夫久役不归，妻子想念着他，禁不住相思难遣，于是决定到哪儿去找到一棵萱草种在堂前，好让它减轻自己难捱的思念："焉得谖草，言树之背？愿言思伯，便我心痗。"《诗经》里的谖草，指的便是萱草，"谖"为忘忧之意。如果我们今天要过复古的爱情节的话，可以送心爱的人芍药，也可以送萱草花。也是爱这个萱字，因此大学时也曾经取过一个笔名叫云萱。

这系着温厚的古典爱情的萱草花，后来又成为中国的母亲之花。古代称母亲居室为萱堂，后因以萱为母亲或母亲居处的代称。《诗经疏》称："北堂幽暗，可以种萱"，天地幽暗，萱草可以照亮一个母亲温柔的心。王冕说："今朝风日好，堂前萱草花。持杯为母寿，所喜无喧哗。"萱草还被称为"宜男草"，周处《风土记》云："怀妊妇人佩其花，则生男。故名宜男。"清代蕉园七子之一的才女毛媞，年近四十还没有生子。她的小姑折了一支萱草递了给她，建议嫂子借吟咏这"宜男草"祈求上苍的赐予。毛媞回答："诗乃我神明为之，即我子矣！"

萱草是百合科萱草属植物，黄花萱草是萱草属植物中可以做菜食用的一种，也就是黄花菜。黄花菜又称"金针菜""黄花菜"。观赏类的大花萱草则含大量秋水仙碱，不能食用。黄花菜除了食用，也可以入药，其性凉、味甘，可清热利尿，凉血止血，《本草求真》谓："萱草味甘而气微凉，能去湿利水，除热通淋，止渴消烦，开胸宽膈，令人心平气和，无有忧郁。"

八角金盘：憨憨的可爱

所住的小区在岳麓山下，绿化也很好。

小区里植物众多，有楠竹、紫薇、一叶兰、七叶树、鹅掌楸、八角金盘等。八角金盘是最多的植物之一，它是很常见的一种绿色植被。去了另一个小区看朋友，也看到了这碧青的宽大叶子。

八角金盘是掌状叶片，有好几个角，墨绿色，油亮亮，很憨厚淳朴的样子，像是二十出头的农村小伙，带一点不知所措的懵懂茫然。早春的时候，八角金盘刚刚生出来的小嫩叶微带卷曲，像是某种小螃蟹，更是憨憨的可爱。

看到八角金盘时，总忍不住驻足去数叶片。数来数去，居然没有一片是八个角，有七个角的，有九个角的，那么问题来了，它为什么要被叫作八角金盘？查资料，说它"看似有八个角"，因而得名。

岳麓山上，八角金盘也很多。树下随处可见。曾经细细去观察，八角金盘很有个性，枝干上伸出绿茎，茎是光滑的，别无枝丫，顶着一脑袋叶片。刚刚长出的小八角金盘尤其明显，一根光秃秃的茎，顶着五六片绿油油的叶子，看上去很是滑稽。

八角金盘小的便如一只手掌般大小，也有大如蒲扇的。我在湖南省森林植物园神农本草园内见到的八角金盘的叶片，居然比蒲扇还大，当时就颠覆我的认知了。之前以为八角金盘就是灌木，查阅资料又说它是小乔木，高可达五米。我们小区的不过半米高，长得乖乖的，一点没有向天空发展的野心。

觉得是不是跟所在环境有关。小区环境狭隘，比不得深山老林天地广阔。在小池塘里的不足尺长鱼儿，在大海里面可以长到一米以上大小。海阔凭鱼跃，天高任鸟飞，只要到足够高的平台，才可以挥洒。

八角金盘在十月、十一月会开出淡白色小花。花也是头状花序，一簇花开在一起，每朵小花是五瓣，如同袖珍的五角星，细细长长的花蕊探出花瓣。不过花儿真是很小，不用心完全不会被注意到，只会看到一个个举起的白色的小花球，伸出绿叶之外，毛茸茸的可爱。不开花或者开的花儿并不是那么明艳的植物，相对而言就没有很注意。但实际上，它们也是各有特色的。

人们总是爱着花儿果儿，也因着花儿果儿而对那棵植物起了深深的眷恋。我们总会记得，给我们以明丽以甜美的光华灿烂的事物，却忽略那些看起来平凡普通的事物。美丽即是王道，毕竟，人的本性便是爱美的。

辣椒花：每个少女都会老去

　　辣椒开的是白色小花，六瓣小花，像是六角星星一般，淡绿色花心。也有四瓣、五瓣的。简净而优美，也像是一首小诗。

　　光看小花，可看不出以后的那份泼辣，反而是矜持而沉静的，像一个十七八岁的姑娘，爱读书，不顽皮，文文秀秀的样子。是母亲们喜欢的闺秀女儿模样。

　　辣椒花谢了，会结出小辣椒。刚生出来的小辣椒晶莹剔透，绿得十分好看。小辣椒渐渐长大，长成了辣劲十足的大辣椒，就可以摘下上桌了。

办公楼的走廊里，也有老师养着绿色植物。暑假里，七月的某一天，到办公楼来开会，忽然发现有一个盆里，居然长出来两寸左右的小辣椒。摸了一摸，小辣椒表皮光滑，很是可爱。

辣椒为茄族辣椒属，原产墨西哥，最初引入中国，是一种观赏植物，大约是因为辣椒花的美貌。后来则是因为辣椒的刺激性美味，辣椒变成了餐桌上的美食，辣椒花作为观赏植物的功能已经被人们淡忘。在我们湖南，自然更是无辣不欢。

也有不辣的辣椒，那就是甜椒了。甜椒也是茄族辣椒属的，实际上是辣椒的一个变种，颜色还挺丰富，有绿色，红色，黄色，紫色等等，五彩缤纷的，笑嘻嘻、喜洋洋的，比之常见辣椒纤瘦苗条的身材，要胖得多了，也美得多了，味道一点都不辣。不过，在湖南人眼里，不火辣辣的，没有血性和热情的，那还叫椒吗？还是自家的小辣椒好，劲道十足。

小时候，家里是做剁辣椒的，外婆做，妈妈也做。做好后放在浸坛里，或者用大的透明玻璃瓶储存起来，红艳艳的非常好看。需要用的时候，就取出部分放在小玻璃瓶里。小时候喜欢一个人一边看书，一边慢慢吃自己家里做的剁椒，一上午就能吃完小半瓶子。湘妹子都是辣妹子，不怕辣也辣不怕。

到了长沙之后，自己却从来没有做过剁辣椒，也还不会做。每次都是回老家带回一瓶，给菜调味，或者直接拌饭吃，都觉得很有滋味。

从辣椒花到辣椒的变化，很让人感慨。仿佛不食人间烟火的少女，最终嫁做人妇，面对锅碗瓢盆，犹如天仙落入凡尘。往日的琴棋书画诗酒花，全部化作了眼前的柴米油盐酱醋茶。时间怎么爬过了皮肤，只有自己知道。

没有什么是时间不能改变的。

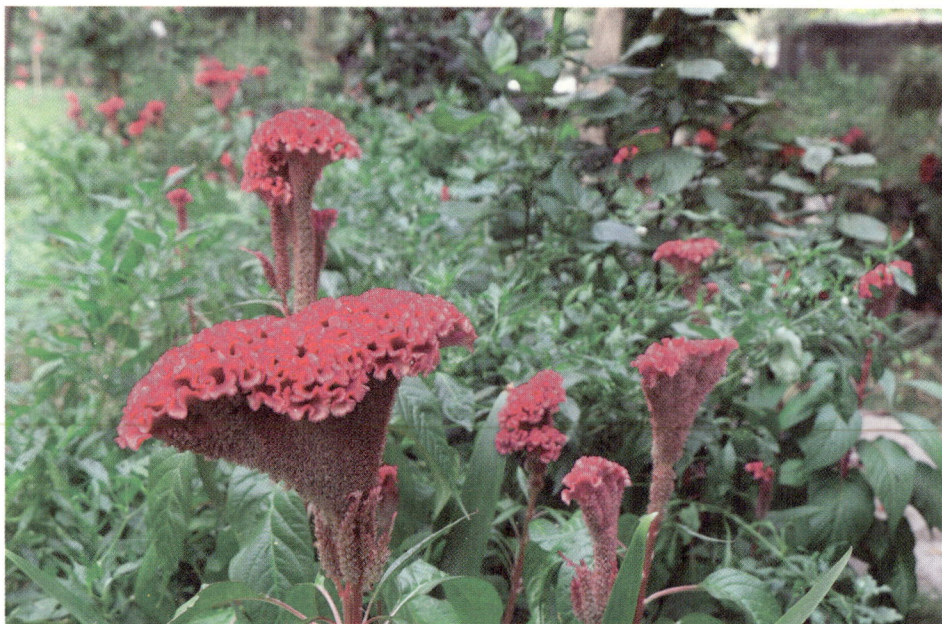

鸡冠花：人生的真实

在宏村旅游的时候看到鸡冠花，赶紧拍了下来，觉得很亲切。小时候楼下的小花园里也有大朵的鸡冠花，大红色的花冠，很是显眼。

实际上那时候我并不喜欢鸡冠花。少女时代，一直喜欢轻盈细小，或者素淡清雅的花朵，不事喧嚣，与世无争，可是能散发出那么好闻的香气。比如栀子花、含笑花、桂花之类。

鸡冠花有着艳丽夸张的花冠，毛茸茸的，又没什么香气，仿佛是涂脂抹粉却又没什么品位的中年女人——是的，鸡冠花没有什么生动的少女气，只觉俗艳。后来中学课本里学鲁迅的文章，学到《故乡》里的豆腐西施，我想到的居然是鸡冠花。

也曾见到和鸡冠花同样艳俗的花儿。有一年暑假里在省植物园见到大丽花的时候，吃了一惊，好大的花儿，差不多有一个小排球那么大了。颜色又这么浓艳，生怕别人看不到似的。鸡冠花也是硕大的大红花冠，泼辣俗艳着。不过大丽花比鸡冠花是漂亮得多了，也大得多了。

无论从花容，还是从花色来说，大丽花和鸡冠花都可以用漂亮，而不是用美丽来形容。只觉得它们都漂亮得太招摇、太无知、太不含蓄，完全不符合小少女的审美。

后来，过了很久，终于长大了。过了矫情的年龄，知道了世道艰难、人生不易，明白了琴棋书画诗酒花之外还有柴米油盐酱醋茶，对花儿也多了几分体谅，不再只偏好不食人间烟火的纯白花儿，那花儿只属于青春。渐渐地，也开始欣赏那些泼辣辣的，充满生命力和市井气息、热闹非凡格外喜庆的花儿，不管风吹雨打，给点阳光就能灿烂无比，笑容满面，比如说太阳花、长春花一类。看着鸡冠花的大红花冠，也能生出几分俗世的温暖来。谁能永远不接地气，不食人间烟火呢？最终都会回归琐碎平凡，一地鸡毛。琴棋书画诗酒花，最终都要化为柴米油盐酱醋茶，而前者是青春的梦境，后者才是人生的真实。

而再后来，又了解到，其实那鸡冠花的"鸡冠"并不是真正的花儿，那俗艳夸张的"鸡冠"只是变形了的花轴上端，而真正的花儿却是在"鸡冠"下面细小的不起眼的花儿。实在又震惊了一下，原来，你所认为的生活的真实，还并不是生活的全部，鸡冠花的浮华背后，却是层层遮蔽起来的疲惫的心呀。

鸡冠花并不是中国原产的花卉，大约是从印度传入我国的，初名波罗奢花，后来才改了鸡冠花这个接地气的名字。它得到了国人的喜爱和培育，形成了众多的园艺品种。明代《群芳谱》中就记录了十分丰富的鸡冠花品种："有扫帚鸡冠，有扇面鸡冠，有缨络鸡冠，有深紫、浅红、纯白、浅黄四色，又有一朵而紫黄各半，名鸳鸯鸡冠，又有紫、白、粉红三色一朵者，又有一种五色者，最矮，名寿星鸡冠，扇面者以矮为佳，帚样者以高为趣。"

鸡冠花可以食用，还是一种美食，营养丰富，有很好的滋补效果，不仅可以炒菜，还可以做成糕点，如美味的鸡冠花豆糕、鸡冠花籽糍粑等等。鸡冠花性凉无毒，也可以入药，在北宋时便被收入官修药书《嘉祐本草》。《本草纲目》中载：鸡冠花主治"痔漏下血，赤白上痢，崩中，赤白带下"，主要用于各种出血症。

读书时又得知，唐代薛涛所制的精致薛涛笺中，亦有鸡冠花的成分。千年之前，鸡冠花的娇艳，便在花笺笔墨里闪烁着。

原来，鸡冠花也曾文艺过。

哪个大妈不曾少女过呢？哪个少女不会成为大妈？岁月从不败美人，那只是童话。

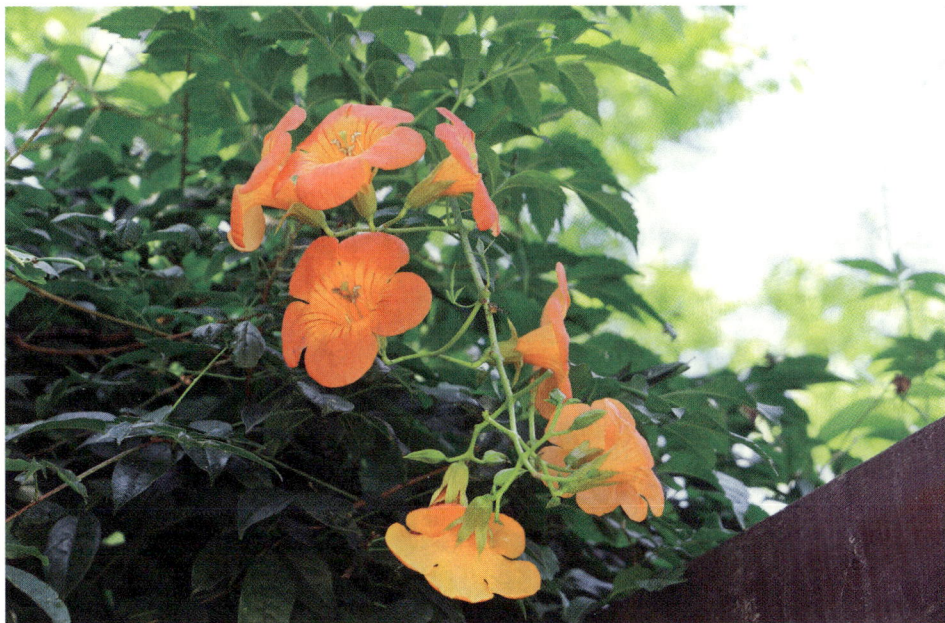

凌霄：武林高手的淡然

    和紫藤在春天里开花不同，凌霄花主要在夏天开花。中医药大学药植园也种着凌霄花，就在紫藤花畔，整个长廊都缠绕着凌霄花。可见药植园对凌霄花的偏爱了，只给紫藤花一个门廊，但给了凌霄花一整个长廊。

    因为凌霄花暑假里才开花，所以也见得少。有一次见到凌霄花，开得妩媚嫣然，风姿楚楚。风里有淡淡清香。几朵娇艳的红色，像是某种口红的颜色，表层上有一种淡淡的镀蜡的感觉，不像红梅那样艳如胭脂之感。

    走近了一看，花瓣和花蕊里都有不少蚂蚁在进进出出，不知道是不是在吃花蜜。结果一查询，居然有名为"小蚂蚁爱死凌霄花"的微距摄影专题，凌霄花要知道，必定哭笑不得吧。它未必喜欢那么多小蚂蚁的。如果没有小蚂蚁影响花容，凌霄花在镜头下也有倾国之姿了。

凌霄花含苞的时候很像炮仗花，修长的彤管一般。但一旦绽放，颜值立马比炮仗花高上了几个段位。凌霄花最美的时候还是在暑假里，七八月。彼时药植园空寂无人，而凌霄花独自怒放，享受着属于自己的芳华与热闹。小园寂无人，纷纷开且落。

凌霄花开放之际，正值酷暑，很多草木都被晒得垂头丧气，凌霄花却毫不在意，照样开得艳丽夺目。它并不在意自己是否为人所瞩目，大大方方地展示着自己的美丽与风采，珍惜着属于自己的最好的韶华时光。清代李渔就曾说过："藤花之可敬者，莫若凌霄。"

凌霄花跟鸡蛋花一样，太阳越烈开得越美。韭莲都被晒萎了，无精打采地垂着头，葱莲干脆不出来了，但凌霄花和山麦冬一样，都还是精气神十足，一派武林高手的淡然风范。

药植园的凌霄花有两种：一种就是中国原产的凌霄花，花朵更大，花瓣不是大红而是有一点点偏蜡黄，花型有点像红花酢浆草，更为典雅美艳，连花儿的背影也极为妩媚；另一种就是美洲凌霄，比较瘦长一些。美洲凌霄现在比原产凌霄花还要更为常见。

最初知道凌霄花，自然是舒婷的那首诗《致橡树》："我如果爱你——绝不像攀缘的凌霄花，借你的高枝炫耀自己。"在这里，凌霄花是作为木棉树的反面教材出现的。其实，这世界多元多彩，并不是只有木棉的刚强坚毅让人陡生敬意，凌霄的柔美妩媚，也自有魅力。

凌霄花自己没有深根也没有粗茎，要看到更高的世界，就要攀附到其他物体身上。篱笆、墙、大树，见到可以攀爬的，就奋力攀爬。它不是一种寄生植物，寄生植物会损害寄主，它只是一种攀缘植物，在攀缘过程中开出璀璨的花儿，闪闪美丽，赏心悦目。我曾在省植物园一棵极高大的树上看到过凌霄花，距离地面有十几米了，凌霄花开得很骄傲，闪闪发光的样子。

凌霄花还是一种中药材，具有行血去瘀、凉血祛风之功能。凌霄的叶、根、茎也可以入药。

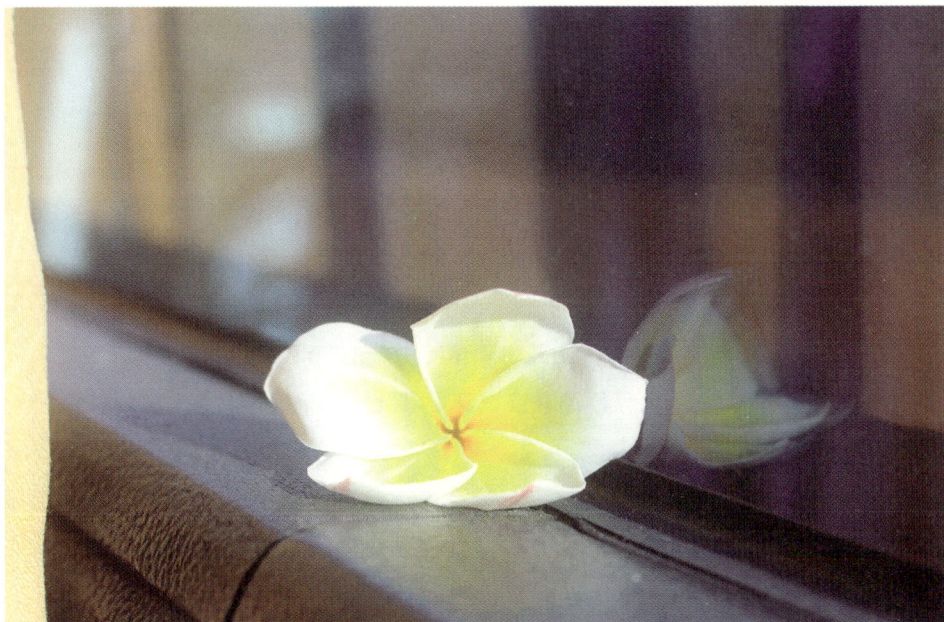

鸡蛋花：柔软而清香的花朵

　　鸡蛋花真是柔软而清香的花朵。鸡蛋花又叫缅栀子、蛋黄花、印度素馨、大季花，为夹竹桃科鸡蛋花属落叶灌木。

　　从没有想到，还有这种奇妙的花朵。第一次见到，是在巴厘岛，只觉得这种花儿，长得真像鸡蛋啊，五片花瓣轮叠而生，平平展展，内里是淡黄，像是鸡蛋黄，外侧则是乳白，像是鸡蛋白。

　　只觉得不敢相信，以为是假的。指尖拂过花瓣，只觉花瓣非常柔软,像是性格软萌的女孩子,说话也是软糯糯的,但是很可爱。就好像心里下场小雨,那小雨把灵魂洗得很轻盈,很通透。木心曾道:"微雨夜,树林里传来波澜的心跳。"

去巴厘岛的时候,看到鸡蛋花在当地人的头发上明亮着。当地的女子把鸡蛋花插进浓黑的长发里,蜜色皮肤,大而亮的眼眸,鬓旁一枚鸡蛋花,风情无限。

在海边漫步,我也在鬓旁插了一朵鸡蛋花,穿着长裙,自觉仿佛是热带地区的女子一般。还看到当地人头上戴着鸡蛋花做成的花环,显得圣洁而又美好。

鸡蛋花在热带地区比较普遍。在马来西亚也有见到。当地人家门口就种有鸡蛋花。树上的鸡蛋花,新鲜可爱,摘下来放在手掌上看,鸡蛋花也毫不萎靡。除了白鸡蛋花,还有红鸡蛋花、黄鸡蛋花,但较之白鸡蛋花为少。海边小店里也有卖鸡蛋花的发饰,十个一组,各种颜色的鸡蛋花都有。

鸡蛋花和凌霄花一样,是强阳性花卉,喜爱阳光,太阳越强烈,生长得越繁茂,开得也越多,散发出越发浓郁的香气。鸡蛋花香气沁人,可以用来提取香精。

这种热带的花朵,都开得热烈奔放而带有异常的魅力。像美丽异木棉、蓝花楹都是美得让人觉得不真实的花儿。

听当地人说,鸡蛋花可以用来泡茶,将鸡蛋花从树上摘下,即可用滚水泡之,素洁雅致的鸡蛋花浮在茶水上,几乎令人不忍下口。但鸡蛋花茶确有裨益,饮之清香润滑,有解暑降热的功效。鸡蛋花经晾晒干后还可以作为一味中药,能治疗咽喉疼痛等疾病。

后来到中山大学去,经过一座校园内的小桥时,在桥下草木间也看到了鸡蛋花。鸡蛋花在广州也是常见花儿了。

在北海也看到了鸡蛋花树,树形舒展如同木芙蓉树。只是当时是深冬,北海的鸡蛋花树叶子全掉光了,我就没认得出来。我问导游,这是什么树,导游说,这是香花树,开花时香得很。我又问,它的学名呢,导游说,就是香花树。我只好不问了,心里犯着嘀咕,有一种叫作香花树的树吗?

后来再走了一段路,我便看到一棵鸡蛋花树上挂着一块牌子,才知道这是自己特别喜欢的鸡蛋花。哎,鸡蛋花只有在开花的时候我才认得出。

三角梅：热热闹闹的烟火人间

在学校里发现三角梅，宿舍楼的下面。

当时很是惊喜，长沙也有三角梅？

后来发现，长沙三角梅还真不少。只是母校中南大学那里颇少，中医药大学也不多。但看到很多小花店以三角梅来点缀店门，毕竟三角梅鲜艳夺目。

植物园也有不少三角梅。那红色的像花瓣一般的并不是花儿，而是它的花苞片，它真正的花是花苞片里伸出来的那朵玲珑极了的小白花。

三角梅是颇具热带风情的植物。以前在鼓浪屿、新加坡、马来西亚等地旅游时，三角梅倒是随处可见的。单个三角梅算不上美貌，但是一簇簇的便觉热闹娇艳。

这么娇美的花儿，却只开花不结果。把所有的力气都用在了开花上。颜色有鲜红色、橙黄色、紫红色、乳白色等。可分为单瓣、重瓣以及斑叶等品种。之前我只见过紫红色的，觉得三角梅就应该是那个样子，热烈奔放，不管不顾。后来在马来西亚旅行时见到乳白色的三角梅，都不习惯了。

在厦门鼓浪屿旅行时初见紫红色的三角梅，在新加坡旅行时也见到了紫红色的三角梅，是那样明丽的颜色，紧紧密密的花朵儿累垂下来，刹那间点亮人的视线。是热带地区的花儿才有的妩媚和风情啊。

最适合三角梅的地方，是在热带。只有在这儿，它才会散发独属于自己的迷人风采。

雨滴打在车窗上，用手机拍了一张照，觉得都可以用来当屏保了。

诗人李少君写过一首恬静小诗："木瓜、芭蕉、槟榔树／一道矮墙围住／就是山中的寻常人家 …… 门扉紧闭，却有一枝三角梅／探头出来，恬淡而亲切／笑吟吟如乡间少妇。"

这首诗的三角梅，真是散发着丰腴而温暖的意味呀。

三角梅是紫茉莉科，也就是说，它跟晚饭花有亲缘关系，怪不得第一次看到它的时候就觉得有几分亲切，它和晚饭花的颜色和姿态太像了呀，虽然花型一点都不像。三角梅又叫叶子花，顾名思义，就是长得像叶子的花儿。

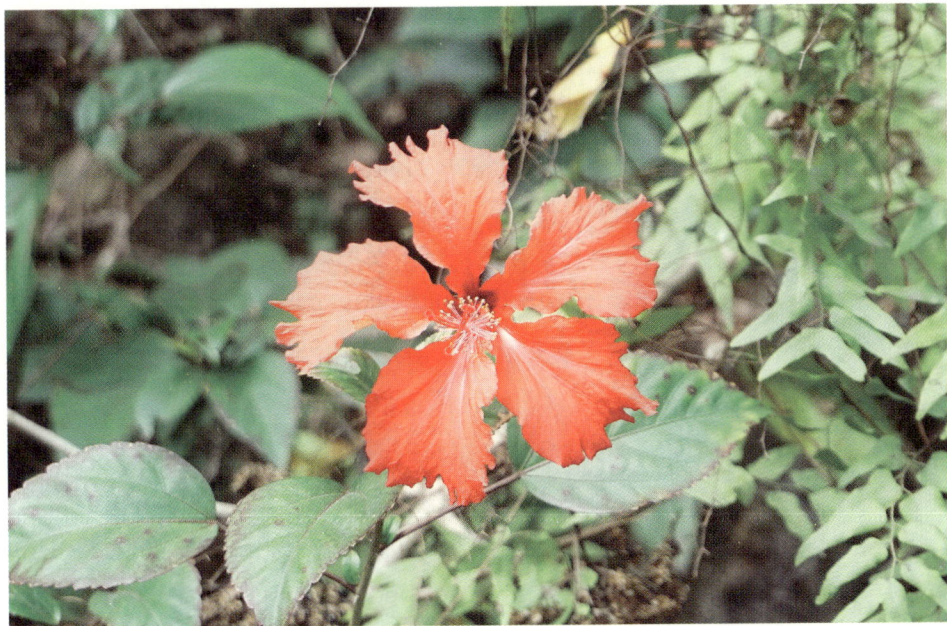

扶桑花：东海日出之花

在长沙没有见过扶桑花，倒是去海陵岛的时候，在海边小村落里，见到一株开花的植物，开的花儿，花蕊极其长，比花朵的直径还长。

《本草纲目》中载："东海日出处有扶桑树。此花光艳照日，其叶似桑，因以比之。后人讹为佛桑，乃木槿别种，故日及诸名亦与之同。"又道："扶桑产南方，乃木槿别种。其枝柯柔弱，叶深绿，微涩如桑。其花有红、黄、白三色，红者尤贵，呼为朱槿。"

扶桑便是朱瑾。扶桑这个名字很是大气，很有神话的气魄。而最初，扶桑的确是神话中的一棵神树。《山海经》载："汤谷上有扶桑，十日所浴，在黑齿北。"郭璞注："扶桑，木也。"《海内十洲记》又有记录："多生林木，叶如桑。又有椹，树长者二千丈，大二千余围。树两两同根偶生，更相依倚，是以名为扶桑也。"

在神话里，在东方的大海上，扶桑树是由两棵相互扶持的高二千丈的巨树组成。太阳女神羲和生了十个太阳，即十只金乌。她每天早晨在甘渊中给她的儿子金乌洗澡，洗完澡后，羲和和金乌便从此处驾车升起。这便是"羲和浴日"。金乌是三只脚的金色乌鸦。神话传说中，本来是有十只金乌的，后来后羿射下了九只，便只有一只金乌，也就只有一个太阳了。

"羲和浴日"，那画面若是画下来，该是如何壮观了。女神的博大与温柔，美丽与慈和，十只金乌在女神身边盘旋，翅膀卷起热浪。他们身边的一切，都被自身的光芒照耀得闪闪烁烁。有一段时间在读袁珂先生的《中国神话传说》，只觉神思缱绻。古人的想象力实在太丰富博大。

稽含《南方草木状》对朱瑾有着详细记载："朱槿一名赤槿，一名日及，出高凉郡。花、茎、叶皆如桑。其叶光而浓。木高四五尺，而枝叶婆娑。其花深红色，五出，大如蜀葵，重敷柔泽。有蕊一条，长于花叶，上缀金屑，日光所烁，疑若焰生。一丛之上，日开数百朵，朝开暮落。自二月始，至中冬乃歇。插枝即活。"扶桑和同科的木槿、芙蓉一样，都是朝开暮落的花朵，因此又叫作日及。资料显示，扶桑形似桑叶，花大，有下垂或直上之柄，单生于上部叶腋间，有单瓣重瓣之分：单瓣者漏斗形，重瓣者非漏斗形。呈红、黄、粉、白等色。花期全年，夏秋最盛。

扶桑花抢镜的是它的花蕊。看似是一根，如同孔雀尾羽一般。细看才会发觉，这是由多数小蕊联结起来包在大蕊外面所形成的结构。有一种吊灯扶桑，别名叫作吊灯花、吊篮花，实在有意思。她的名字，真是燃着闪闪神话般好听啊。

薄荷：清凉、洁净，又芬芳

　　在好友平平家看到一株快要干枯了的植物，有几分心疼，俯下身去辨认是什么植物。平平说，是薄荷呢。本来准备炒菜的时候，放上几片做调味的，谁知道没有养好。

　　她养了不少香草，炒菜时随手摘下几片叶子，洗净，放入，菜肴中便有了浓烈的香草味道。薄荷是她极爱的。不过，薄荷是生命力极顽强的一种植物，几乎在各种土壤都能生长。这盆蔫了的薄荷，大约浇下水又能活吧。

　　我也是很爱薄荷，也是出于童年的情结。小时候家乡小城的小杂铺店里，会有那些五颜六色的薄荷糖买，含一颗在嘴里，整个人都是清爽清凉的，精神焕发，有一种仿佛自己也成为绿色植物的恍然欢喜。

薄荷糖的气息浸满了童年。薄荷对我来说，就是童年。阿多尼斯在诗里说："你的童年是个小村庄，你走不出它的边际，无论你远行到何方。"薄荷总是能叫我想起童年，想起青春，想起一切清凉、洁净、芬芳的事物，因此我对薄荷是偏爱得很。

薄荷的叶子并不起眼，也没有什么特色，就是碧绿小叶，但是却不停地散发出清凉的香气，一直到深夜才会停止，因此薄荷又叫作"夜息香"。因为这沁人心脾、令人身心爽利的清香，薄荷的花语是"永远的爱""愿与你再次相逢"和"再爱我一次"。感觉这也真是很适合言情小说的植物。

一直想写一部长篇小说，女主角是个薄荷一样的女孩子，喜欢穿绿衣，从头到脚的清爽，她的容貌也不见得如何美丽，但个性坚韧，感情强烈，做事雷厉风行，笑容如携来清凉芬芳，让人一见难忘。但是这篇小说一直都没能写出来，也不知道什么时候会有灵感。但我确信，如果真有薄荷一般的女孩子，是极能让人心动的。

薄荷也开花，平平说她家的薄荷开出的是米粒般大小的白色小花，密密匝匝挤在一起，成为一个拇指粗细的小花柱，称不上如何美貌，但是散发着馥郁的清凉芬芳。薄荷开花因品种不同还有淡红、紫色的。我后来还养过一盆凉薄荷，开出的就是淡紫色的小花儿，豆子大小，轮伞花序，一簇簇的，很是可爱。

与其他气味芳香的花草一样，薄荷能改善抑郁、暴怒等不良情绪。《本草新编》中有记载："薄荷，不特善解风邪？尤善解忧郁，用香附以解郁，不若用薄荷解郁之更神。薄荷入肝胆之经，善解半表半里之邪，较柴胡更为轻清。"花儿本来就是治愈系，像薄荷这样从头到脚都是香气的植物，则更治愈了。

薄荷可令人口气清新，《本草纲目》里说薄荷"令人口气香洁"。平日里，可以将几片薄荷叶洗净，放入透明的玻璃杯之中，然后加上沸水，还可以根据个人的喜好加上蜂蜜或者柠檬，便是一杯绿色清凉的薄荷茶了。细细抿上一口，那淡淡的清凉芬芳登时便充盈了整个口腔。仿佛站在春天的原野之上，清风拂面而来。

如果不能做到像牡丹、芍药一般光芒四射、艳冠群芳，那么，做一株小小的薄荷也是好的，在山野之间，让夏日的清凉与芬芳，裹了全身，从头到脚，都散发着令人清爽愉快的绿色芬芳。

鸭跖草：被雨打湿额发的小姑娘

      在学校药植园之外，鸭跖草其实见得不多。有一天雨后到南郊公园走走，路边还看到只有硬币大小的鸭跖草，蓝莹莹的，像是被雨打湿额发的小姑娘。

      后来爬岳麓山时，在山路的几棵大树下也有看到鸭跖草，实在可爱，忍不住俯下身轻轻摸了摸清凉光滑的花瓣。仔细看，鸭跖草的花瓣只有三片，两片蓝色的花瓣如同张开翅膀的蓝粉蝶，下面还有一片白色半透明的小花瓣轻轻托住几根细长的雪白花蕊。

      鸭跖草的名字很生动，可谓是名如其花，因为它的花儿都是三片花瓣，样子也像小鸭子的脚蹼，所以叫鸭跖草。

鸭跖草并不像风雨兰一样，一开就是一大片，而是只开着零星几朵，孤零零的，怯生生的可怜可爱。那一朵一朵的蓝紫色小花，像是栖息在碧色叶上的轻盈之蝶一般，非常漂亮。大约鸭跖草实在动人，李时珍也忍不住赞道："两叶如翅，碧色可爱"，花儿的颜色却是蓝得很精灵，那蓝色似乎饱含了水分，水灵灵的，像是婴儿眼睛里透露出的那种纯净，婴儿蓝的感觉。

鸭跖草被称之为露草，这名字也令人滋生无限温柔。德富芦花对鸭跖草的描述十分动情："这不是花，这是表现于色彩上的露之精魂。那质脆、命短、色美的面影，正是人世间所能见到的一刹那上天的消息。"之所以叫作露草，是因为鸭跖草只开在上午，开花时间非常短暂。被叫作紫鸭跖草的紫竹梅因而也有个名字叫作紫露草，则更是梦幻了。

另外鸭跖草还有其他名字，叫作萤草、月草、淡竹叶、碧竹子、碧蝉花、耳环草，都是好听的名字啊。尤其月草，一听便有了"掬水月在手，弄花香满衣"之感。

鸭跖草有两种颜色，即开蓝色小花的蓝色鸭跖草，开紫色小花的紫色鸭跖草色。蓝色和紫色，都是极安静和神秘的颜色。蓝色鸭跖草尤为好看。金子美铃笔下的蓝色鸭跖草开得童真又纯净："鸭跖草开着蓝花，小道上闪着露珠。光着小脚踩啊踩，一路前行吧。"

虽然在大城市并不多见，但在田野间、深山里，鸭跖草几乎随处可见。《本草纲目》中记载："鸭跖生江东、淮南平地。叶如竹，高一二尺，花深碧，好为色，有角如鸟嘴。"后来去庐山，在山上也看见了一小朵一小朵的蓝色鸭跖草，忽然闪现在碧青的草间，不由得惊喜。

《本草纲目》又说："巧匠采其花，取汁作画色及彩羊皮灯，青碧如黛也。"鸭跖草还可以取汁作画呢。不过这个我也没试过。鸭跖草花儿一副无辜的表情，倒不忍碰触它了。

每次走近那些鸭跖草时，都是小心翼翼地，因为那花儿太小又太美，生怕把花朵儿如蝴蝶般惊飞了。

水杉：古老的岁月汩汩流过

　　水杉和恐龙曾经同时存在过。远在中生代白垩纪，地球上已出现水杉类植物，当时这一类植物约有 10 种，广泛分布于北半球。经过第四纪冰期以后，恐龙全部绝灭。但经过了几万年的历史，跨越了冰期，水杉依然郁郁葱葱，唯有它还在孤寂中坚韧地生存。现在它是杉科水杉属唯一现存种。

　　经历了那么多的岁月之后，水杉似一位历经沧桑的长者，什么它都知道，只是静默无言。任凭其他后辈植物争妍斗奇，姹紫嫣红，水杉显得淡泊宁远，与世无争，似一位隐士。"宠辱不惊，看庭前花开花落；去留无意，望天空云卷云舒。"水杉的淡然气质，与《小窗幽记》的这副对子隐隐相合。唯有淡泊，方能明志。唯有宁静，方可致远。

水杉树干长而且直，像是中学课本里形容过的白杨树，"笔直的干，笔直的枝"。而叶型却颇有几分柔美。它的叶是淡绿色，扁平的羽状，显示出一种生命的柔软。这柔软其实是一种生存智慧。便如《红楼梦》的中香菱，她身世凄惨，本是千金小姐，却被拐卖，然后被薛蟠买下充作丫鬟。她忘记了过往的一切，就算是对夏金桂的咄咄逼人，也是柔顺婉转。

香菱这种生命的柔软，其实并不是妥协和怯弱，而是力争把更多的时间和精力用在让生命发光的事情上来。对于香菱来说，让她生命发光的事情，就是写诗。她在诗意中升华和超越了自己的生命，在心灵里得到了完全的自由。

水杉的心思，也是大约放在了一直向上生长上。水杉是早春二月开花，球果十月下旬至十一月成熟。但它的花和果都是不起眼的，也没有什么芬芳，低调，不事喧哗。也因为如此，它生得很高，可以长到 40 米左右。真像外柔内刚、外圆内方的女子，沉静而有韧性，看似柔弱，却坚忍不拔，不会被任何打击所摧毁，直到取得高不可攀的成绩，方才引人注目。深秋时节，水杉的叶子由浅绿色转为松黄色，更加显得醇厚而温暖。

母校中南大学办公楼、民主楼附近都有一片水杉林。民主楼是校园里最古老的建筑，始建于 1936—1937 年，由梁思成与林徽因所设计的。楼房所用红砖不是长沙本土所产，而是从武汉航运过来的。红楼经历沉浮，如同一个温和老者，怀揣着一大堆的学识与秘密。水杉特别适合和这种历史沉淀感的老房子在一起。都是历经岁月的，气场特别契合。

湖南大学自卑亭旁也有一大片水杉林。古人登岳麓山要过自卑亭。下午，阳光变成暖黄色时，这里特别热闹。沉淀着历史厚重感的红墙，秋日阳光照在水杉上面，好像是电影里的某个场景。有很多校园里的女孩儿到水杉这里来摄影。我看到一个女孩儿，戴着毛线帽，围着格子围巾，站在水杉间，笑容晶莹瓦亮，青春光华耀眼。这古老与青春，厚重与轻盈的对比，显得格外好看。

在湖南大学和中南大学的校园里漫步，指尖抚摸过水杉斑驳的树皮。想到这么悠久的岁月在它身上汩汩流过，那么多的同类之中，只有它还繁衍至今，生生不息，不由得生出几分敬畏来。

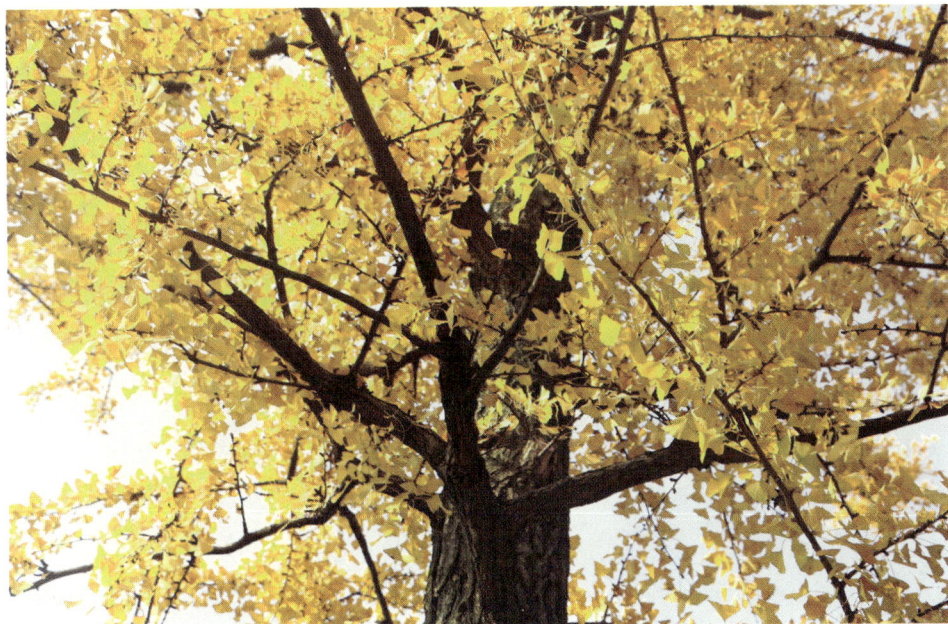

银杏：金黄色小扇子

　　深秋早上，去了一趟学校图书馆，发现图书馆边、药植园旁的银杏都黄了，一地灿然生光的金黄色小扇子。举目望去，学校的银杏大道一片灿然生光，禁不住心旷神怡。

　　和水杉一样，银杏也是一名植物中的长者。而银杏却并没有水杉那样高冷，而是多了几分亲切与温和。银杏最早出现于石炭纪，比水杉还要早。当时银杏曾广泛分布于北半球，直到第四纪冰川运动，绝大多数银杏类植物濒于绝种，唯有我国的银杏树奇迹般地保存下来。所以，银杏又被称为"活化石""植物界的熊猫"。

　　我在读研时，宿舍就在山脚下，树林里风歌唱，一层层如海浪。一个秋夜，枕着海浪般的林间风声入眠，清早打开窗户一看，只见山中小路铺满斑斓落叶，如厚丽地毯，散发出深沉的大地气息。风一吹来，落叶仍是纷纷扬扬，在明净的空气中打着旋儿，如舞者轻盈的脚步。于是，我就决定，爬岳麓山去。

　　在岳麓山上和岳麓山大学城，就有很多银杏。校园里的银杏，在学子们的青春映衬下，更显得辉煌灿烂。每当银杏灿然的季节，穿着鲜明靓丽的女孩子便成为银杏下的一道风景。

　　长沙城区树龄最长的银杏树，也在岳麓山上，生长在云麓宫外。这棵银杏树树龄高达700多岁。深秋风雨将古银杏树的树叶吹落满地，周边的台阶坡地宛若铺上了一层黄金地毯，美若童话，让人禁不住驻足赞叹。云麓宫里的修道人也爱惜这银杏，不会轻易扫去这满地金黄，而让它灼灼照耀几日。

　　学生时代，曾经和朋友商定，要穿汉服，或者民国服装，于深秋来这棵银杏树下拍照，兼有沧桑与灿烂的银杏，映衬着秋日里水灵清澈的青春，仿佛穿越到遥远岁月。

　　岳麓山上，黄叶满地。自然想起许多关于山中落叶的美好诗词，"碧云天，黄叶地"，"况属高风晚，山山黄叶飞"。在落叶上铺开格子布，盘腿坐下，取出水壶和零食，也是极好的秋游了。身边的落叶散发出深厚的秋的气息。等到冬天，这些落叶都会融入大地，"化作春泥更护花"。

　　落叶中最好看的，就是银杏叶，触目只觉眼前一亮，满树灿烂光华。单片小叶如黄金锻造的精致小扇，即使是从树上坠下之后，却丝毫不见萎靡。与其他坠地便萎靡不振的落叶相比，银杏真是秋日的惊喜了。

　　只觉这是和红叶一般绝佳的书签，于是拾起一枚银杏叶，平整放入随身带着的书中。微博上也曾见北大燕园有学生将银杏叶制成各种有趣图案的明信片。

有一日，在图书馆借了几本小说，回来闲闲翻看，翻到某页，忽然出现一枚压得平平整整的银杏叶，上面是细巧笔迹："送给喜欢某个故事的你"。这枚银杏书签大约是一个玲珑心思的女孩子留下的吧。

之前也听说北京大学燕园银杏特别漂亮。看了北大陈平原教授写的《花开花落中文系》一书，很是喜欢，于是又买了他的《北京记忆与记忆北京》看。见他书中写道："十载燕园梦，自是以读书为主。"在燕园银杏，一塔湖图中静心读书，潜心研学，真是人生一大乐事，也是幸事。可惜我去过北京几次，都不是银杏飘摇的季节。却因缘际会，巧遇了云南大学的银杏。

还没去过云南大学的时候，在一个朋友空间里看到她在云南的旅游照片，披着流苏披肩的她正在喂一只老树上的小松鼠吃坚果，标注背景便是云南大学的校园。当时就被云南大学的校园之美给震撼了一下。校园里居然还有松鼠，这不是个小森林或者植物园才有的吗？

结果亲身到了云南大学，却觉得比照片上更美。蓝天，白云，银杏，竹林，古木森森，小亭幽径，红鱼戏水。学生们两两三三坐在大树下或者草坪旁的石凳上看书，阳光披了满身。云大也有极美的银杏大道，似乎不比燕园的银杏逊色。有姑娘在银杏大道上捧起一捧金色的银杏叶向天空抛去，站在她对面的男生便不停地按动着快门。

真是迷人的校园，醉人的银杏。

一个深秋，只听得一夜北风紧。早上出去，只觉眼前一亮，原来，小区里已经遍地金黄。

不用去北京，不用去昆明，不用去腾冲，最美的银杏风景，在长沙，在身边，也看得到。

桂花：罗衣今夜不须熏

　　桂花是极甜蜜温柔的一种植物。秋意浓时，桂子香气已弥漫校园。

　　大学是在岳麓山下读的。那时喜欢跑到教学楼后面的草地去看书，倚在树下，戴着耳机听古典音乐，悠然自得。秋日的某一天早上，低头时只觉暗香盈袖。那种甜香，铺天盖地而来，几乎把人的心都淹没在那种芬芳之中。循香望去，是几株桂花树，然后恍然大悟。

什么时候，空气里满满的都是桂花的甜香了呢？

另一座教学楼后，也有一棵上了年岁的桂花树，桂花散发着馥郁甜香，树干粗壮，靠上去很舒服。最喜欢秋日在花香中静静看书，站起身来，满身尽香，心里却被书中那些深邃的思想浸得一派冰清雪净。

抱着书从树下走过，凉风徐来，心情忽然变得很好。有时同学过来，便坐在林荫道树下的石凳泛泛地聊着，恬淡的幸福。回去后，衣上都浸透了清香，那一缕甜丝丝的香气，闻着都叫人心神疏朗。明代高启的《题桂花美人》中有："桂花庭院月纷纷，按罢霓裳酒半醺。折得一枝携满袖，罗衣今夜不须熏。"有了桂花熏衣，自然香气满袖。

校园里的桂花香气越来越馥郁了。过了一段时日，桂花开到最盛，馥郁熏人醉。整个校园都沉浸在甜蜜的香气中，人被香气熏染得轻飘飘的，一颗心也飘飘荡荡，步步都如踩在云端。这种感觉，真是如同初次的恋爱，一切皆是美好而不可言说。

在桂花树下徘徊良久，俯身细细拣起桂花，衣上也沾染了香气。"桂子月中落，天香云外飘"，这时钻进桂花树下读书，便仿佛有身在月宫中的错觉，不像在人间。字里行间都是馥郁的香气，向鼻端扑来。什么也可以不想，什么也可以不做，只管闭了眼，一心一意沉浸在桂花的清香之中。

这时很喜欢钻到桂花树下读书，仰头看去，桂花树便如一个绿色的穹庐一般温柔地将人罩住，仿佛是一个与世隔绝的自在天地。星星点点的阳光洒在身上，似是星星点点的桂花。时间像是被桂花糖粘住了，缓慢悠长。有桂子轻轻落在身上，轻软无声。

有一日在草地上看书看得倦了，站起身来深深地吸了一口气，顿觉神清气爽。转头一看，有两个女孩正站在桂花树前，仔细地撸着那细碎的金色花瓣，被花香浸染得一脸甜蜜。其中有个女孩子，穿着橘黄色毛衣的女孩，披着微卷长发，抬头时眼眸明净，满溢书卷气，令人无比熨帖舒服。我无端地觉得，桂花若是真有精灵存在，应该就是她那个样子。

树下的草地上散落着米粒大小的桂花。女孩子特别喜欢收集桂花树的桂花，回去泡茶喝，或是就放在书桌旁，闻着那甜香。

隔壁寝室的同学送了一包桂花给我，一打开，金色细碎的花朵，芳香四溢。忽然想起，桂花也可以用来制作小香囊。于是，寻出一块浅蓝色的布，用白色的线，细细缝了一个素净的小布袋，然后把细小如米粒的桂花收集在小布袋子里，再把布袋缝了起来，晚上睡时放在枕头旁边。一闭眼，仿佛置身于深秋的桂花树林之中。

过了一段时间，桂花也落尽了。地上尽是细碎的桂花。但风中仍然弥漫着桂子的甜香，下了一场雨之后，桂子的香气开始变得飘忽，清远而迷蒙，直到终于渐渐消失在空气里。

年轻时，能邂逅桂花树，是一件很幸福的事情。桂子甜香，从此弥漫青春。现在想来，那些独自在桂花树下度过的甜蜜时光，是如何的奢侈而叫人怀念呀。

后来，到了工作的学校，发现办公楼下，也种着好几棵桂花。仔细看了下，主要是金桂和丹桂了。桂花主要有四种，金桂多为金黄色，是桂花中香气最馥郁的一种，丹桂为橙黄色或者橙红色，香气次之，银桂为柠檬黄色，香气又次之，四季桂也为柠檬黄，香气最淡。办公室里很安静，窗外是大片柔绿色的草地，远远地立着图书馆。九月，教学楼旁的桂花都开了，整个校园都会笼在馥郁的桂香之中。整个人都清朗安宁，呼吸的都是香。恍惚间像是走在古代神话里一般。

偶尔回到母校，看到还有穿汉服的女孩子在桂花树下徜徉，大约是学校汉服社的学生吧。画面古典而唯美，仿佛穿越到了哪个古老温静的年代。

桂花也是深具中国古典意蕴的花儿，它的故乡，是在广西桂林。九十月的时候，桂林满城都是桂花馥郁的香气，因此桂林城市的名字里，也带了一个"桂"字。曾经在春天里来到桂林旅游，听当地人说桂花盛开的满城甜蜜，禁不住微笑向往。带了一瓶桂花酒回去了，仿佛也带回了满身的香气。

也曾经很想十月去杭州，想领略下杭州的满觉陇之美。那是开满桂花的山谷，满谷飘香，甜美宁静，不似在人间。明代人高濂曾在《满家弄看桂花》中写道："秋时，策骞入山看花，从数里外便触清馥。入径，珠英琼树，香满空山，快赏幽深，恍入灵鹫金粟世界。"香满空山，落英如雨时，人们就在道路旁边喝茶赏桂。桂子若落入茶中，正好是新鲜的桂花茶了。在桂花的甜香中，可以满满睡上一大觉，这人生也算得圆满。清人张云敖也有绝句《品桂》云："西湖八月足清游，何处香通鼻观幽？满觉陇旁金粟遍，天风吹堕万山秋。"

郁达夫的《迟桂花》里，说桂花香气"浓艳"，"说不出的撩人"，"实在是令人欲醉"。整篇小说，仿佛氤氲着浓郁的桂花香气。这篇文以桂花喻人，文中那个素朴、天真、坚韧又深谙大自然之趣的翁莲，便仿佛是一枝迟桂花的化身，宁静而馥美。

岳麓山的桂花也多，山下满是桂子甜香。在岳麓山下走，偶然发现山下有一个书吧，在深秋时会送桂花酒给顾客。进去坐下，寻出几本心仪的新书，喝了一口桂花酒，真是色泽美而透明，酒味香而甜醇。于桂花香里读书，真是令人微醺。

也特别喜欢吃书吧里的一种桂花麻仁汤圆，雪白的汤圆上点缀着几簇金黄的桂子。那么一缕甜幽幽的香气，未尝人已醉。

只觉风雅无限。

喝着桂花酒，闻着桂花香，吃着桂花汤圆，只觉此时无可比拟的美好。

正是素年锦时。

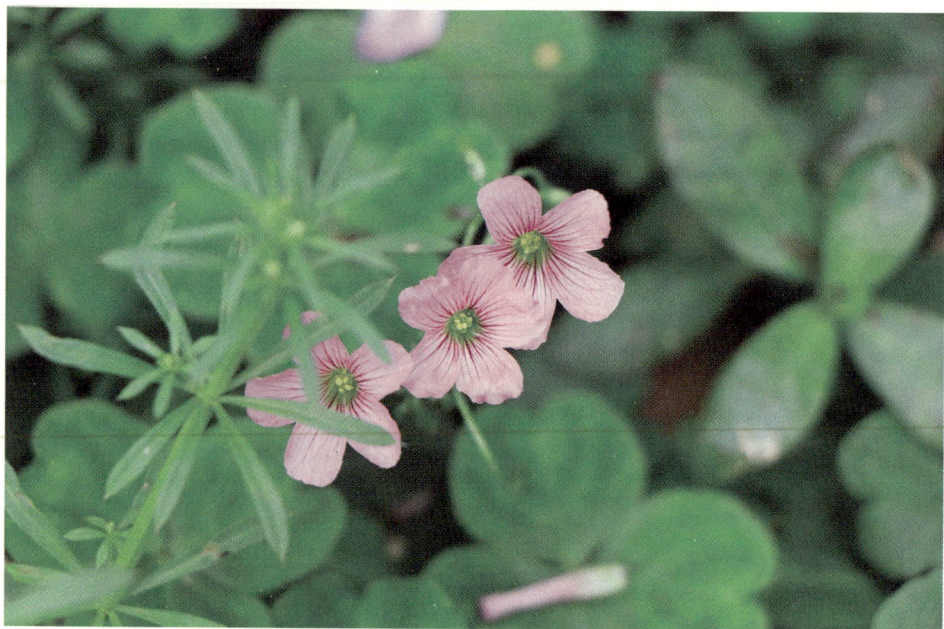

酢浆草：很少女的花儿

　　在小区散步之时，忽然见到绿叶中几朵黄色的小花。虽然细小，不仔细看几乎忽略，但它开得认认真真，神气姿态，宛如小姑娘在窗下做作业一般。驻足细看，认出是酢浆草。

　　去查酢浆草的资料，得出是："全国广布，生于山坡草池、河谷沿岸、路边、田边、荒地或林下阴湿处等。"《本草纲目》载："酢浆生道旁阴湿处，丛生。茎头有三叶，叶如细萍。四月、五月采，阴干。"

　　看来酢浆真是一种最常见的小草花了。酢浆草全草入药，能解热利尿，消肿散瘀。

酢浆草主要有黄花酢浆草、紫花酢浆草、白花酢浆草、红花酢浆草等。我所住的小区里就有黄花酢浆草。也是很细小的花儿，几乎只有玉米粒那么大，但是一点都不粗糙，生得很精致。五瓣花儿，花蕊很短，不像晚饭花那样生得很长。花的颜色活泼却不妖艳，温和雅致，是很少女的一种花。

红花酢浆草是在岳麓山下见过，花朵儿比黄花酢浆草要大上几号，颜色接近酒红了。花瓣深处，有分布均匀的细小紫红色花脉，像是细细描画了上去的一般，花朵儿感觉上比黄花酢浆草要更精致。一丛丛红花酢浆草在风中轻轻摇曳，文艺气息十足。后来初夏去无锡，在江南大学校园内看到大量成片的红花酢浆草。江南大学江南风情十足，校园内小桥流水，每座桥都有自己的名字，而桥边就摇曳着这些文艺的小红花儿。

它的叶子也很有趣，典型的小家碧玉的叶子，三片三片一簇的，每一片都是一个玲珑心形，现在有些精品店的小饰品也爱做成这叶子的形状。叶子是可以直接拿下来吃的，滋味酸酸的。因此它又叫三叶酸、酸酸草。酢浆草的"酢"字与"醋"通，《本草纲目》载："此小草三叶，酸也，其味如醋。"它的茎叶都是酸得和醋一般，《本草纲目》中还称它为酸母，可知真是酸到极致了。我没有尝过，不知道是怎么样的一个酸法，听起来很有趣。

酢浆草播撒种子的方式和晚饭花的"地雷果"，还有凤仙花的果子有点类似，成熟时会有种子从蒴果弹出，充满生命的活力。

酢浆草喜爱阳光，每天早上十点左右开始绽放，下午五点左右就慢慢闭合，中午开得最好。它晚上是要睡觉的，晚上它也会把叶片合起来，第二天早上才打开。果然是按时作息的乖乖女，怪不得我初见它就觉得它一副认真规矩的样子。如果下雨的话，酢浆草就缩成一团。它这种爱阳光的特性和太阳花有点类似，太阳花不见阳光，也是缩成一团，仅顶端微露花朵艳色。

暑假里，想拍摄酢浆草，平日里似乎随处可见的，此时却找不到了。后来回去查找资料才知道，原来酢浆草在夏季会有短期的休眠。

酢浆草并不是中国土生土长的品种，原产地集中在南非和南美洲，后来才作为观赏花卉引进中国。

蜡梅：小寒过后，蜡梅初香

　　初冬，天气阴冷嫩寒，还下了一点冷雨。学生们都脚步匆匆地在校园里来来去去。我也裹紧了大衣，从教学楼下走过。忽然，鼻端嗅到幽幽芬芳。清冷空气中，这芬芳馥郁而又甜美，令人精神不禁为之一振。

　　寻香而去，便见到几株蜡梅，细小如蜜蜡的花朵，嵌在铁褐色的光秃秃的树干上。走近了看，香气袭衣，愈发浓郁。一朵朵花儿花瓣都是半透明的蜡黄色，精致得像是雕刻出来的一样，微微泛着光芒，"新染冰肌，浅浅莺黄"。疲惫瞬间都被驱散了。

不知怎的，让我想起少年时读过的许多武侠小说来。这临寒不惧、独自芬芳的蜡梅，可称得上是极有女侠风范了。又想起清代王晫《霞举堂集》中"看花述异"一章，颇有志异笔记小说的意趣，说他被引入一个神秘花园，见到很多花儿化身的古代著名美人，尔后拜见花神夫人。花神道，"美人是花真身，花是美人小影"，又说他爱花惜花，所以能见到这些。

　　大约在爱花人的眼中，花儿便和人一般，可轻颦浅笑，可愁眉微蹙。蜡梅在我眼中，便如同身姿窈窕纤瘦而面容清秀倔强的黄衣小姑娘，肤如凝脂，浅浅笑着，右颊上有一个圆圆梨涡，让人看了心里只觉舒服。宋代张孝祥的《风入松》中把蜡梅比作宫妆女子："宫额娇涂飞燕，缕金愁立秋娘。"明代女诗人咏蜡梅的《虞美人》也道："镜前新写汉宫妆，却把玉颜淡淡拂轻黄。"

　　清初《花镜》载："蜡梅俗称腊梅，一名黄梅，本非梅类，因其与梅同放，其香又近似，色似蜜蜡，且腊月开放，故有其名。"蜡梅俗称腊梅，又名黄梅，因为颜色如同黄色蜜蜡，又大多在腊月开放，香气又和梅花近似，因而得名。

　　但是蜡梅并不是梅花的一种。蜡梅是蜡梅科蜡梅属，梅花是蔷薇科杏属，蜡梅花期要比梅花早上一两个月，而蜡梅的香气比梅花来得更为馥郁，梅花的香气更为清幽。清代李渔曾把蜡梅与玫瑰相提并论："皆造浓艳之极致"。蜡梅中最香的是檀香梅。范成大《梅谱》中记载："最先开，色深黄如紫檀，花密香浓，名檀香梅。此品最佳。蜡梅香极清芳，殆过梅香，初不以形状贵也。"蜡梅是我国特有的观赏花木，因此具有极浓郁的中国风韵味。

　　蜡梅又被称为寒梅，唐代诗人李商隐有"知访寒梅过野塘"之句。《姚氏残语》又称蜡梅为寒客。蜡梅花开春前，为百花之先。蜡梅先花后叶，花与叶不相见，因此花开之时，花枝上也是缀满花朵，并无叶片。

　　蜡梅花开之日多是瑞雪飞扬，欲赏蜡梅，待雪后，踏雪而至，故又名雪梅。因此古人踏雪寻梅，实际上赏蜡梅为多，"底处娇黄蜡样梅，幽香解向晚寒开"。

　　2018年元月，长沙大雪。雪后我去教学楼和药植园里，看到蜡梅已经被冰冻住，连褐色枝干上都是闪闪发亮，轻轻一碰，是冰冷坚硬的。第二天再去看，药植园里的蜡梅还裹着冰雪，教学楼下的蜡梅已经又开了新花了，花瓣鲜妍柔软，芳气袭人。冰雪还未消融，蜡梅已经舒展春意了。

到了三月，从教学楼前面经过，看到蜡梅树上已经生满了碧绿的叶子，而绿叶还掩映着纺锤形的灰褐色蜡梅果。这是已经完全成熟了的果实了，未成熟的蜡梅果是青绿色的。梅花的果实是酸甜的梅子，而蜡梅的果实却是有毒的。蜡梅果俗称土巴豆，是一种泻药，不可误食，作为中药可以以毒攻毒。

蜡梅和梅花一样，极具古典之美。当蜡梅和古典建筑共同入镜时，只觉无比熨帖，散发着一种古意的芬芳。后来我到苏州旅游，吴侬软语，枕水人家，令人流连缱绻。在拙政园的亭台楼阁里，斜斜横过一枝蜡梅，临水照花，取景器里看来分外惊艳。

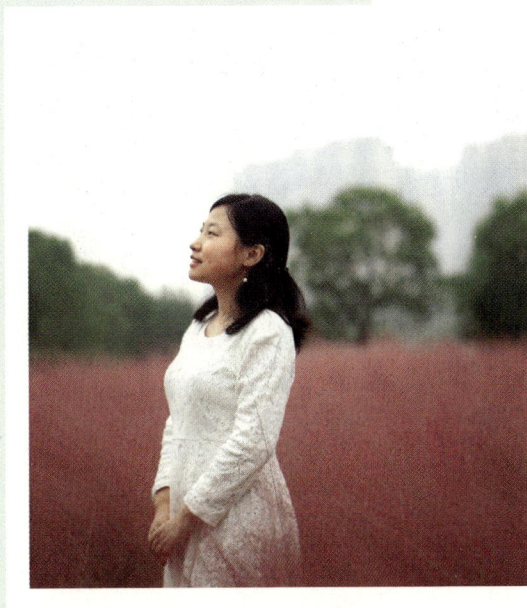

于草木芬芳
之中，我们
与大自然亲
密接触，沉
静感知。

我爱这个草木
芬芳、花木扶
疏的世界，任
我小园香径独
徘徊。